좋아하는 걸을 놓지 않는 것
그게 행복일 거라는 생각이 문득,

이방울

La ville de l'amour

좋아서 그래

La ville
de l'amour

이병률 글
최산호 그림

달

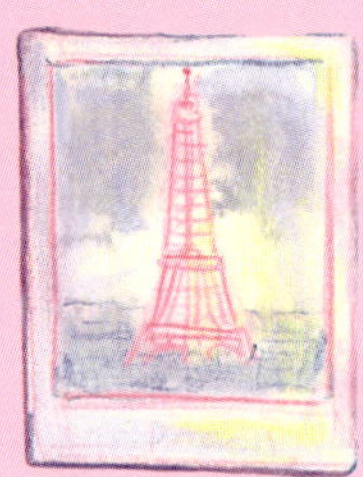

토끼들과의
작별인사

센강이 보이지 않는 센강 변에 산 적이 있다. 약 사십 일 정도 공간을 빌렸는데 출판사에 첫 시집 원고를 보내면 자주 '빠꾸'맞던 그런 때였다. 그보다 더 오래전 파리에 이 년간 살았을 때 돌아올 비행기표를 구할 능력이 없어 신춘문예에 투고하고 당선 통보를 받은 곳이 파리였으니 그곳에서 새 시를 써보리라 작심한 때였다.

얻은 집에서 오 분을 걸어가면 강변에 식물을 파는 가게들이 줄지어 있었다. 때는 봄이었고 햇살이 좋은 때라 정말 많은 꽃과 나무들을 길가에 내놓고 팔고 있었다. 시장 분위기가 나는 곳이라면 나는 어디든 좋다. 그 틈에 반려동물을 파는 가게도 있었다. 뱀과 독거미를 파는 가게와 새들을 파는 가게를 지나면 강아지와 고양이를 파는 곳이 나왔다.

창가 유리 안에 토끼 몇 마리가 있었는데 써붙여놓은 걸로 봐서 '많이 자라지 않는 고양이' 품종이었다. 주인에게 토끼를 가리키며 몇 살이냐고 물으니 태어난 지 보름밖에 되지 않았다고 했다. 그때 눈이 마주쳤던 한 '토끼'.

토끼를 보러 매일 그곳에 갔다. 갖고 싶은 식물도 하도 많아, 사게 되더라도 그 집에 남겨두고 오면 될 거라 생각하면서 여러 번 식물 쇼핑의 욕구를 잘 참아내던 사람이 토끼를 보러 오가면서 그만 병에 걸리고 말았다. 토끼를 사야 하는 병이었다. 내가 데려가지 않으면 누군가 데려가버릴 것 같은 토끼였다. 이제는 매일매일 그곳에 나타나는 나를 토끼가 알아보는 것 같았다.

정말이지 토끼 앞에서 고민과 포기를 얼마나 반복했는지 머리가 지끈지끈 아플 정도여서 시를 한 줄도 쓰지 못하고 말았다. 가게 주인이야 그런 사람은 수도 없이 봤을 것이다. 예약금이라도 걸고 시간을 달라고 하는 것이 나은지를 생각하느라 나는 그만 탈진할 정도가 되었다.

토끼를 데려왔다. 이름을 '삼월이'로 지었다. 그런데 토끼가 우울해 보였다. 아무리 당근을 줘봐도 생명처럼은커녕 인형처럼도 움직이질 않았다. 무슨 병이라도 걸린 것인가. 나는 이틀 만에 다시 동물가게로 달려가 삼월이와 자주 어울려 놀던 토끼 한 마리를 또 데려오고야 말았다. '십일월'이라고 이름을 붙여줬다. 내 진단은 맞았다. 둘이는 잘 놀았다. 종이상자로 만들어준 토끼집이 필요하지 않을 정도로 토끼들이 집 안을 뛰어다녔다. 아니 날아다녔다. 토끼 두 마리가 경쟁하듯 전기선과 벽지를 뜯어먹는 바람에 며칠은 전기가 끊겨 카페에 가서 노트북을 충전해 돌아오곤 했었다. 덕분에 많은 날 밤엔 초를 켰다.

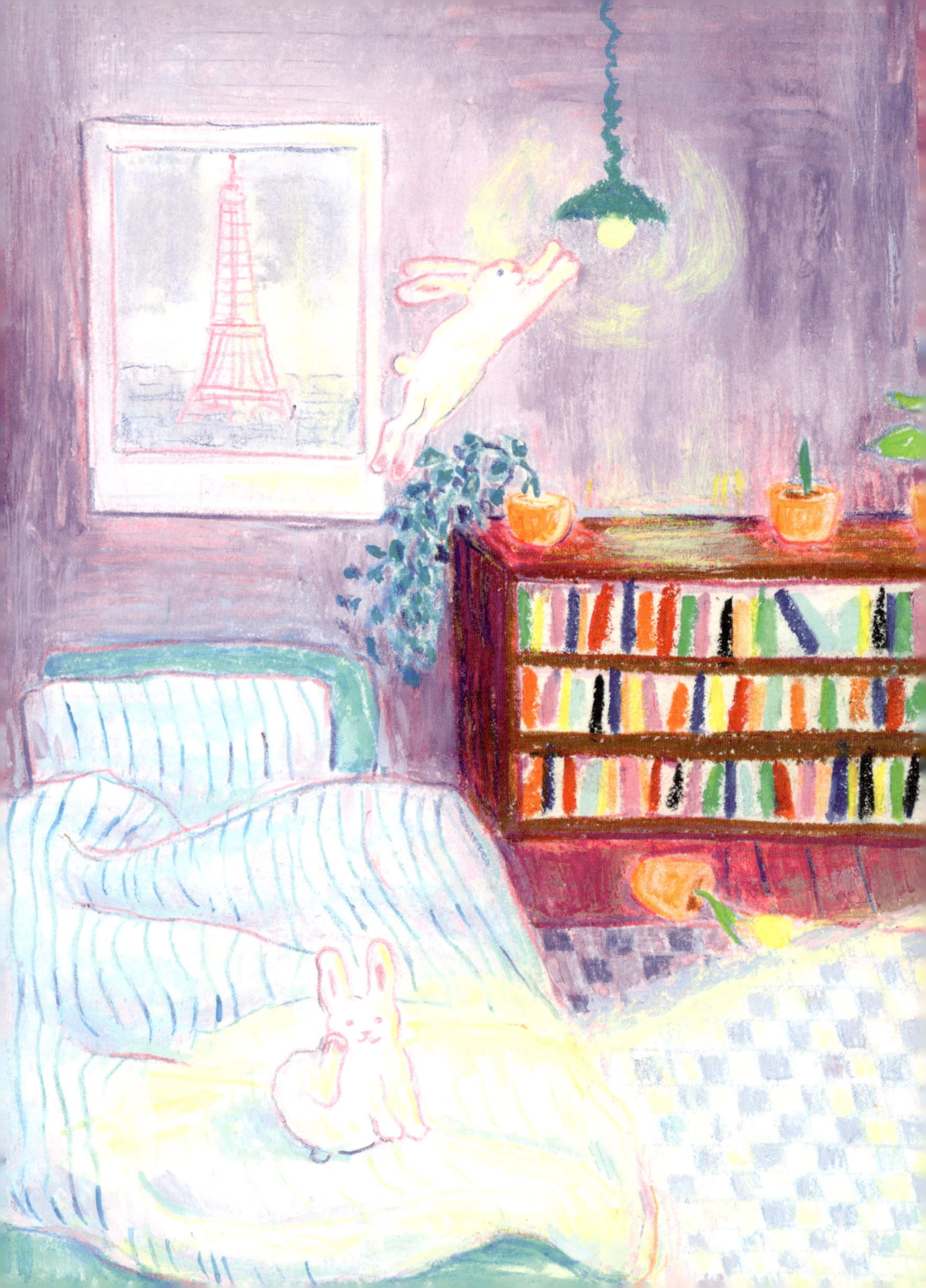

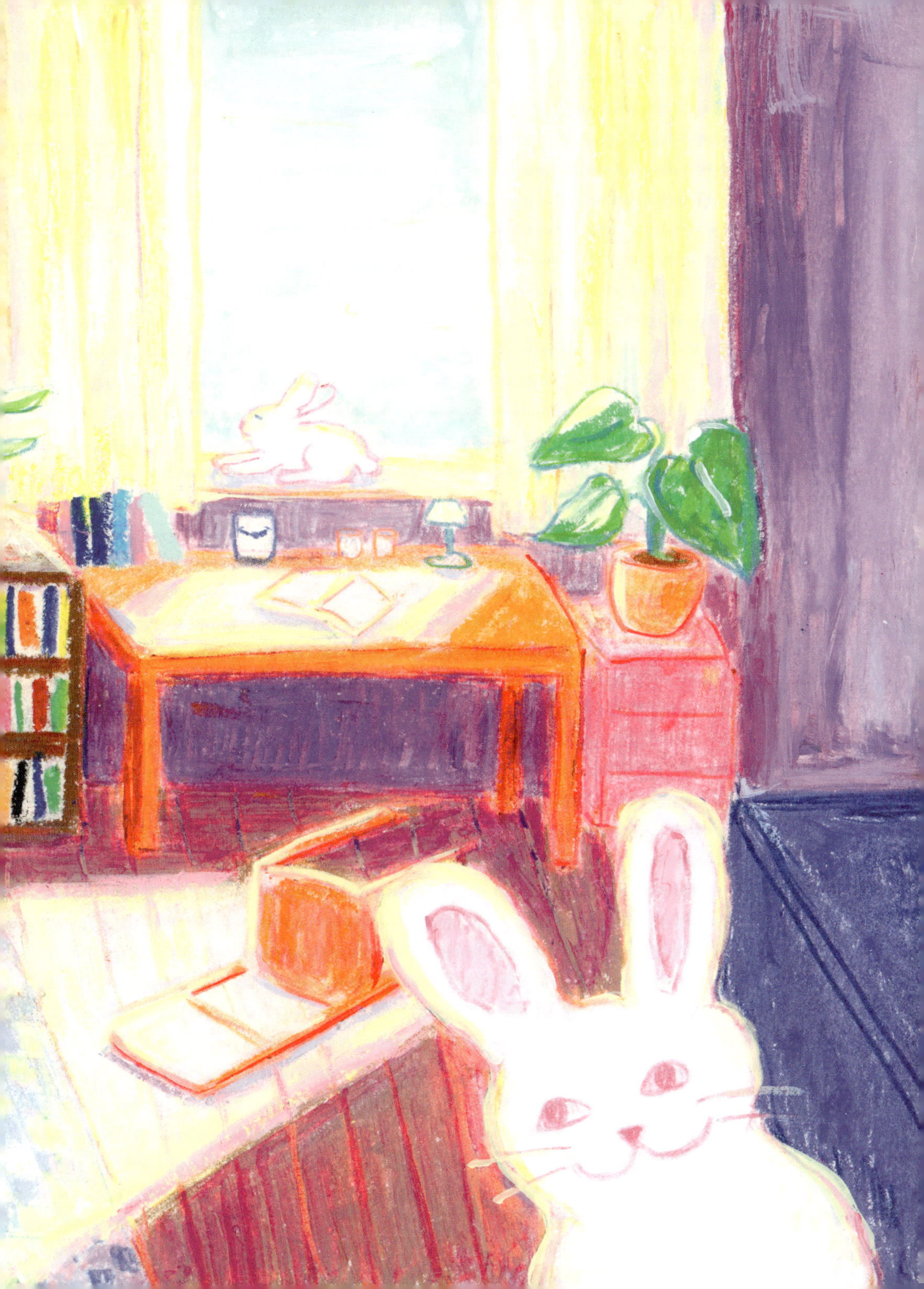

이제는 돌아가야 할 때. 삼월이와 십일월하고는 한 달가량을 같이 살았으나 함께 돌아오는 방법은 예방접종을 시킨 후 한국으로 입양해 들어오는 것. 하지만 여러 고민 끝에 그리고 수소문 끝에 토끼를 맡아줄 한 사람을 찾았다. 그 사람이 사는 곳에는 혼자만 쓸 수 있는 작은 정원이 있다고 했다. 풀이 자라는 정원이 있다는 사실이 고마웠다. 고민이 날아가버리더니 덥석 반가웠다. 그에게 선물이라며 맡기고 세차게 등을 돌렸다.

돌아오는 길이었으나 돌아오기 싫은 길. 샤를드골공항 비행기 창가석에 앉아 내다본 바깥 풍경 앞에서 눈을 비비지 않을 수 없었다. 비행기가 서서히 활주로로 이동하던 중에 신호를 받으려 잠깐 멈추었을 때였다. 나는 내가 잘못 본 줄 알았다. 헛것을 보고 있다는 생각도 했다. 활주로 옆 풀더미에서 토끼 한 마리가 보였다. 평화로웠고 아름다웠다. 그런데 한 마리가 아니었다.

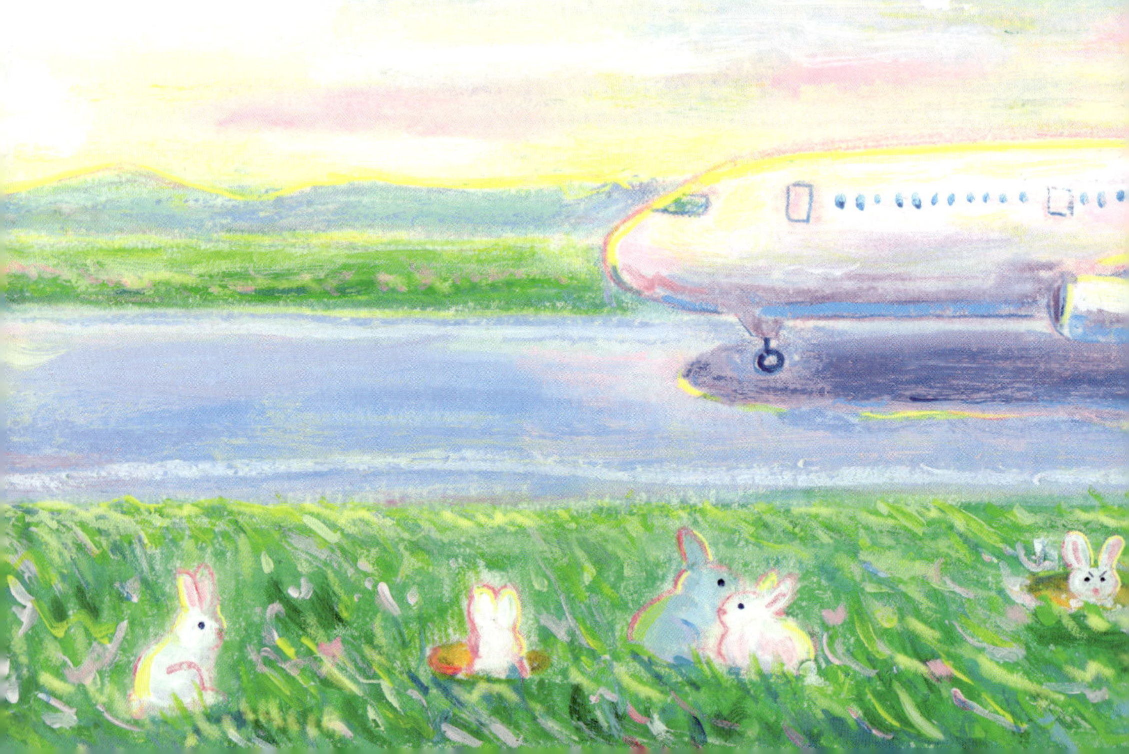

내 눈은 이미 붉어져 있었다. 두 마리가 더 보이더니 여러 마리가
보였다. 기분으로는 더 찾으면 더 찾을 수도 있겠다 싶어 눈을 동
그랗게 뜨고 찾기 시작했다. 과연 정말 많은 토끼들이 풀밭을 운
동장 삼아 뛰어다니다가 뒷발을 들어 몸을 세웠다 낮췄다 했다.
그리고 더 찾아낸 게 있었는데 역시나 토끼 숫자만큼이나 많은 토
끼굴이었다.
옆에 앉아 있던 어르신이 나와 똑같은 걸 보고 있었는지 이렇게
말했다.
"저거 다 잡아들인다고 어제 신문에 났어. 토끼들이 새끼들을 좀
많이 낳아대냐고? 활주로에서 사고라도 나면 어떡하겠어?"

나는 억지로 떠나간다. 너희들은 억지로 잡혀가거라.

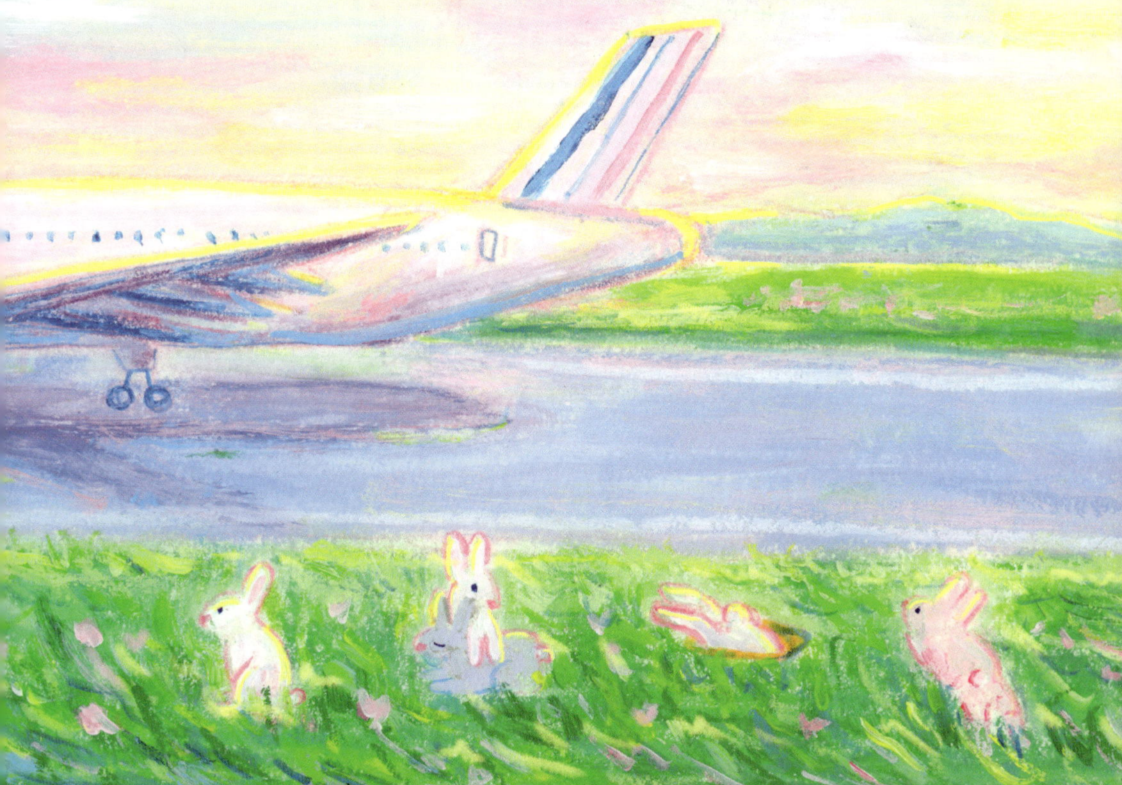

와인은
누구로부터 누군가에게로
연결되어 있음을

저녁식사 자리에는 사랑해도 좋을 것 같은 사람이 내 앞에 앉아 있었습니다. 남프랑스 몽펠리에 근처 어딘가였죠. 나는 와인을 한 병 시켜서 나눠 먹자고 했지만 이미 알고 있듯이 그 사람은 술을 마시지 못하는 사람이었어요. 혼자 다 마시든가, 아니면 남기든가 했어야 했죠.

그 지역 와인을 마셔보고 싶다는 생각으로 와인 메뉴를 열심히 들여다보고 있는데 그때 마침 웨이터가 눈치 있게 와인을 추천해줘도 되냐고 했어요.

픽생루Pic Saint-Loup라는 와인이 있는데, 정말이지 엊그제 막 상표를 달고 나온 새 브랜드 와인인데 마셔보겠냐고 하더군요. 자긴 맛이 꽤 좋더래요.

“어? 이 와인 이름이랑 내가 조금 아까까지 올려다봤던 저기 산 이름이 같네요.”

웨이터는 맞다고 했어요. 와인의 맛은…… 맛있었어요. 앞에 앉은 그 사람과 함께 마실 수 있었다면 더 맛있었을 텐데 그 사람은 와인 잔에 물만 따라놓고 멀뚱멀뚱 앉아만 있으니…… 그럼에도 불구하고 맛이 있었다면 꽤 맛있는 와인이었겠지요.
가끔 테이블에 와서 비어가는 잔에 와인을 따라주던 웨이터가 이번에는 픽생루의 슬픈 전설을 말해주겠다고 했어요. 쫑긋 토끼 귀를 세우고 와인 한 모금으로 목을 축인 뒤 이야기 쪽으로 건너갈 준비를 마쳤습니다.

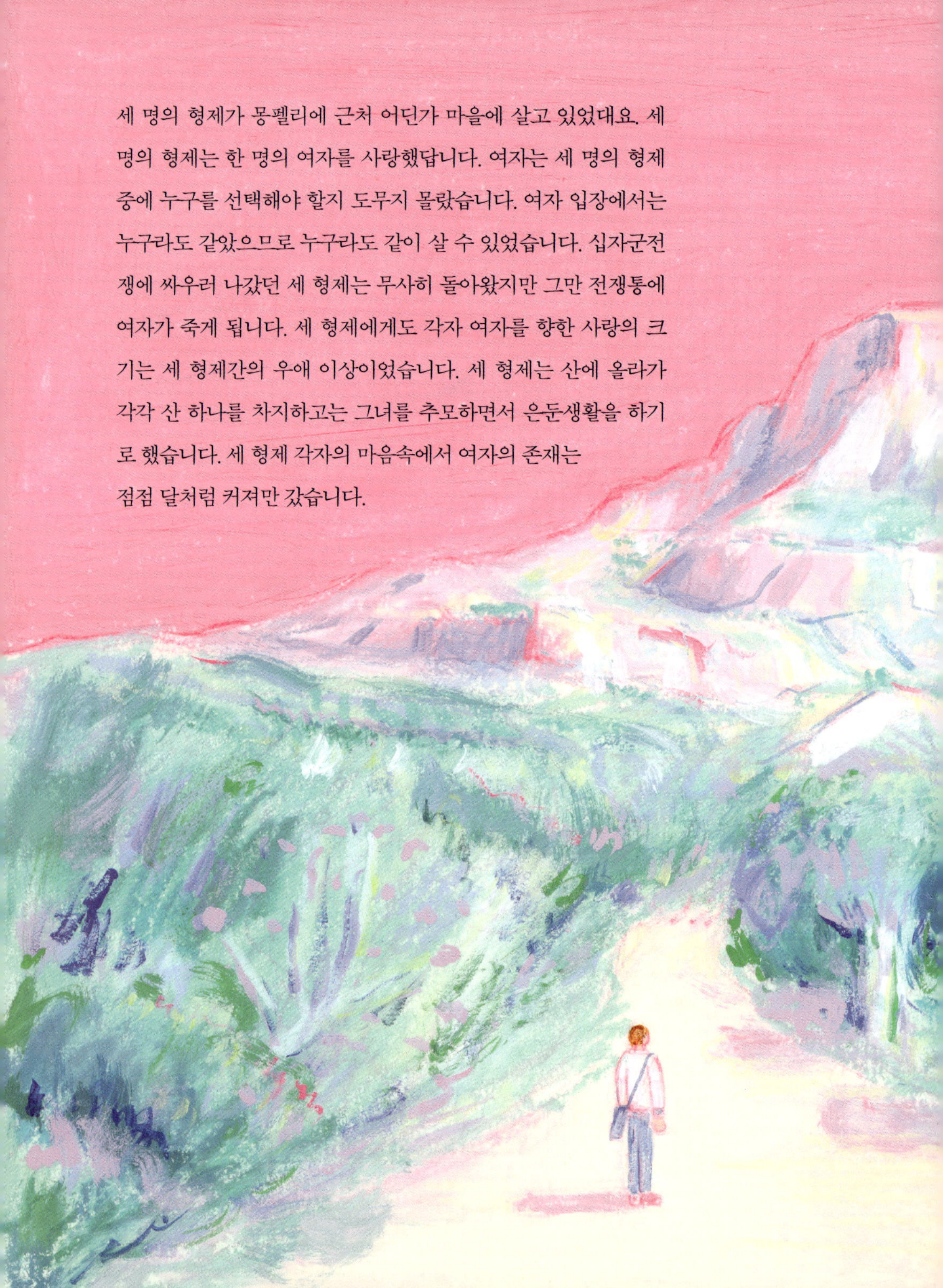

세 명의 형제가 몽펠리에 근처 어딘가 마을에 살고 있었대요. 세 명의 형제는 한 명의 여자를 사랑했답니다. 여자는 세 명의 형제 중에 누구를 선택해야 할지 도무지 몰랐습니다. 여자 입장에서는 누구라도 같았으므로 누구라도 같이 살 수 있었습니다. 십자군전쟁에 싸우러 나갔던 세 형제는 무사히 돌아왔지만 그만 전쟁통에 여자가 죽게 됩니다. 세 형제에게도 각자 여자를 향한 사랑의 크기는 세 형제간의 우애 이상이었습니다. 세 형제는 산에 올라가 각각 산 하나를 차지하고는 그녀를 추모하면서 은둔생활을 하기로 했습니다. 세 형제 각자의 마음속에서 여자의 존재는 점점 달처럼 커져만 갔습니다.

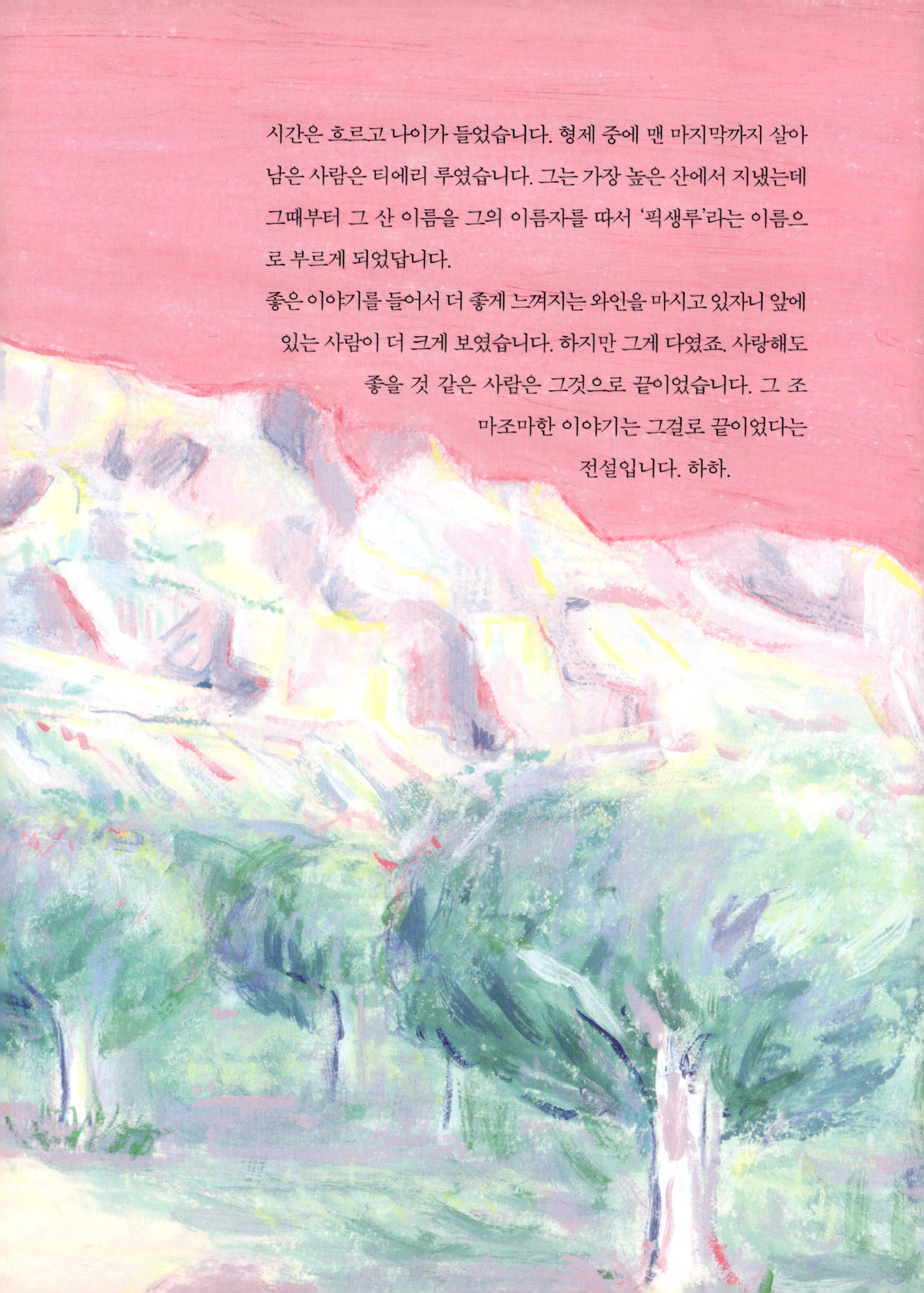

시간은 흐르고 나이가 들었습니다. 형제 중에 맨 마지막까지 살아 남은 사람은 티에리 루였습니다. 그는 가장 높은 산에서 지냈는데 그때부터 그 산 이름을 그의 이름자를 따서 '픽생루'라는 이름으 로 부르게 되었답니다.

좋은 이야기를 들어서 더 좋게 느껴지는 와인을 마시고 있자니 앞에 있는 사람이 더 크게 보였습니다. 하지만 그게 다였죠. 사랑해도 좋을 것 같은 사람은 그것으로 끝이었습니다. 그 조 마조마한 이야기는 그걸로 끝이었다는 전설입니다. 하하.

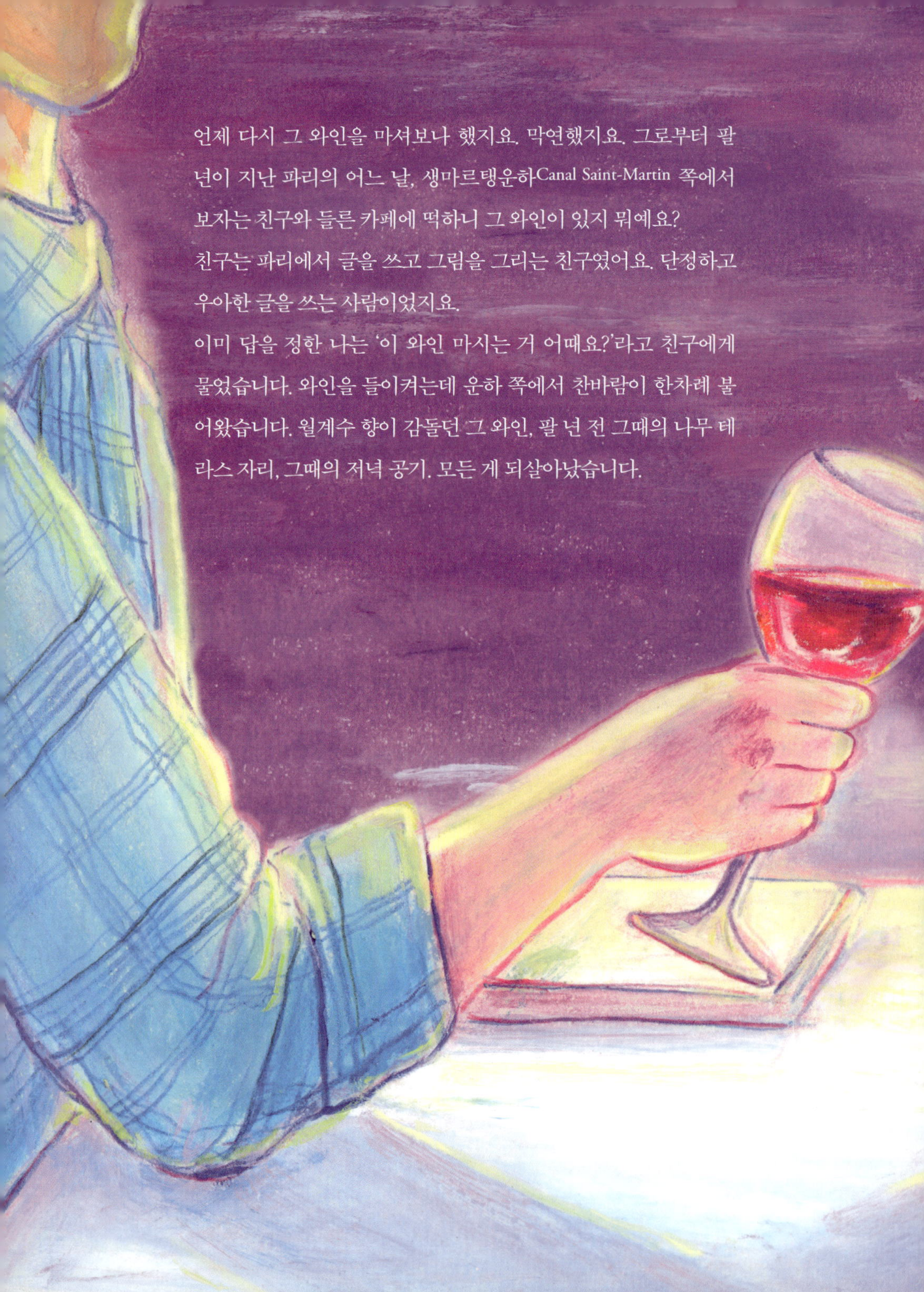

언제 다시 그 와인을 마셔보나 했지요. 막연했지요. 그로부터 팔
년이 지난 파리의 어느 날, 생마르탱운하Canal Saint-Martin 쪽에서
보자는 친구와 들른 카페에 떡하니 그 와인이 있지 뭐예요?
친구는 파리에서 글을 쓰고 그림을 그리는 친구였어요. 단정하고
우아한 글을 쓰는 사람이었지요.
이미 답을 정한 나는 '이 와인 마시는 거 어때요?'라고 친구에게
물었습니다. 와인을 들이켜는데 운하 쪽에서 찬바람이 한차례 불
어왔습니다. 월계수 향이 감돌던 그 와인, 팔 년 전 그때의 나무 테
라스 자리, 그때의 저녁 공기. 모든 게 되살아났습니다.

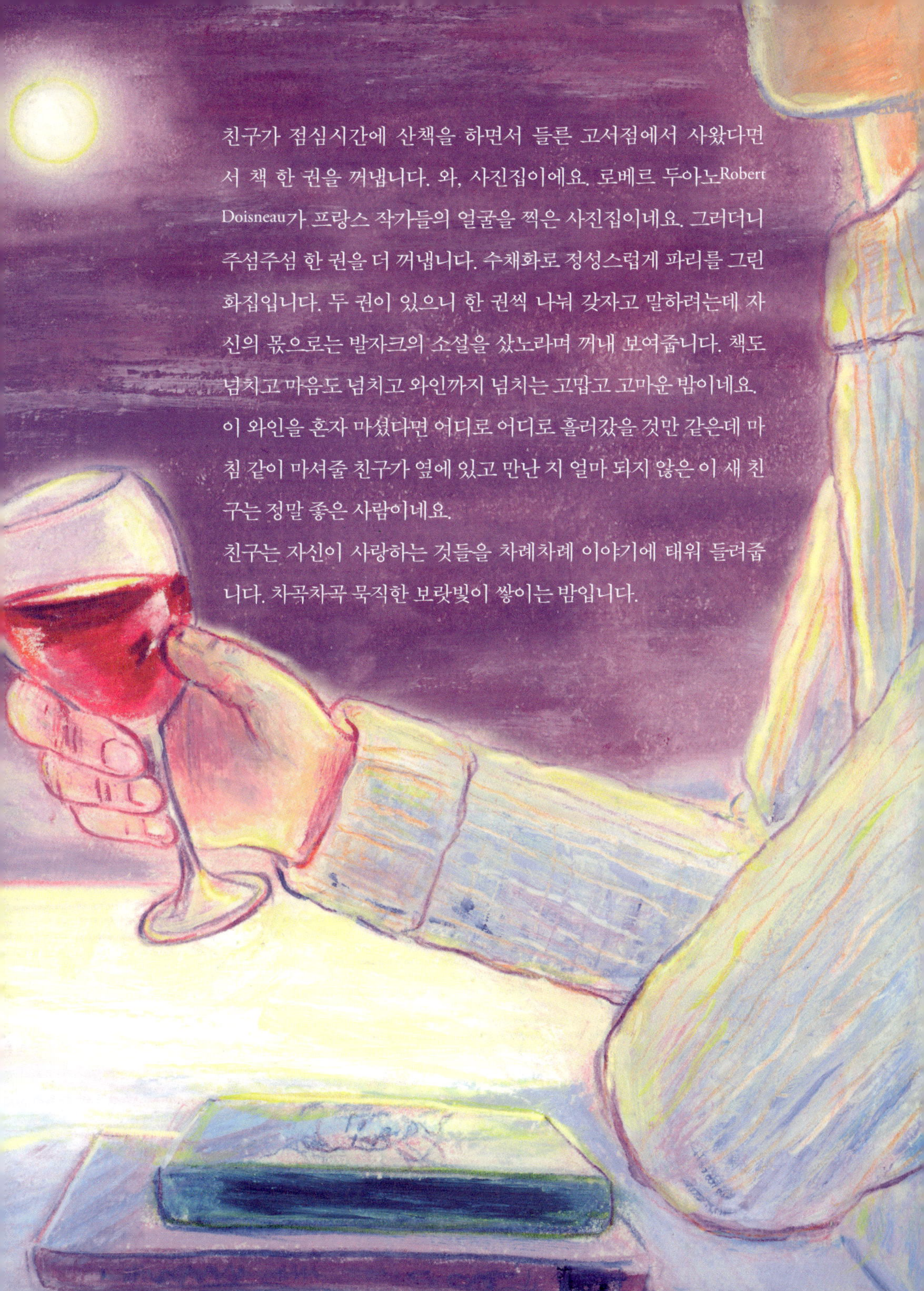

친구가 점심시간에 산책을 하면서 들른 고서점에서 사왔다면서 책 한 권을 꺼냅니다. 와, 사진집이에요. 로베르 두아노Robert Doisneau가 프랑스 작가들의 얼굴을 찍은 사진집이네요. 그러더니 주섬주섬 한 권을 더 꺼냅니다. 수채화로 정성스럽게 파리를 그린 화집입니다. 두 권이 있으니 한 권씩 나눠 갖자고 말하려는데 자신의 몫으로는 발자크의 소설을 샀노라며 꺼내 보여줍니다. 책도 넘치고 마음도 넘치고 와인까지 넘치는 고맙고 고마운 밤이네요. 이 와인을 혼자 마셨다면 어디로 어디로 흘러갔을 것만 같은데 마침 같이 마셔줄 친구가 옆에 있고 만난 지 얼마 되지 않은 이 새 친구는 정말 좋은 사람이네요.

친구는 자신이 사랑하는 것들을 차례차례 이야기에 태워 들려줍니다. 차곡차곡 묵직한 보랏빛이 쌓이는 밤입니다.

카페 팔레트의
늪 같은 시간

카페 팔레트Café La Palette는 아주 오래전부터 근처에 있는 국립고
등미술학교 학생들이 모이는 아지트였다. 나는 오후 네시쯤 이 카
페에 들르기를 좋아하는데 음료 한 잔을 시켜놓고 책이나 노트북
을 열기에 아주 적당한 시간이라서다. 벽에 높이 걸린 그림 가운
데 눈에 띄는 하나는 90년대 일했던 웨이터들이 카페에 서 있는
그림 한 장. 그 외에도 이 카페에 드나들던 단골 화가가 그렸을 법
한 그림들이 구석구석을 채우고 있다. 역시 독특한 것은 실내장식
으로, 큰 거울로 벽면을 채웠는데 거울 뒷면에 돋아난 금속 재질
의 곰팡이 같은 얼룩들 덕분에 예술적인 효과가 한층 더 부풀어오
르는 것 같다.

그곳에 앉아 있으면 좋은 일이 생길 것만 같다. 바깥 자리는 소란
스러운 듯하지만 안쪽 자리만큼은 안온하고 부드럽다. 그래서 그
런가. 그래서 그렇다. 폴 세잔, 파블로 피카소, 조르주 브라크 등의
화가와 헤밍웨이, 짐 모리슨 같은 예술가가 이 카페의 단골손님이
었단다. 물론 나 또한. 하하.

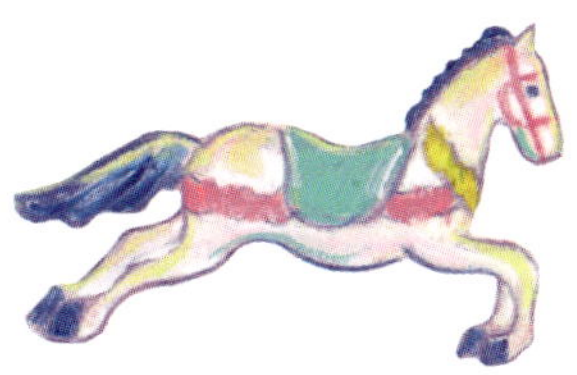

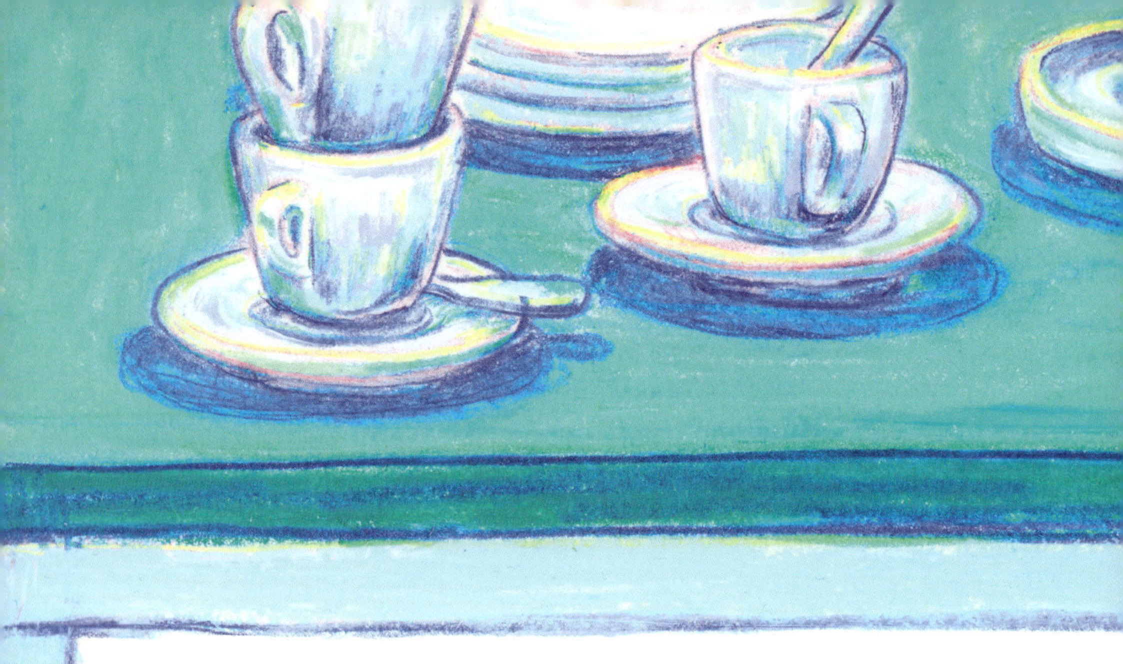

주인은 가난한 학생들에게 가끔 와인을 건넸다. 바게트를 건네고 또 만들어놓은 음식들을 권했을 것이다. 표면적인 이유야 학생들 중에 몇몇은 '자주 오니까 정이 들었기 때문'일 테고, 그들은 자주 배고파 보였을 테니 주인 입장에서는 자연스러운 호의였을 것이다. 나도 작은 식당의 주인이 된다면 청춘들에게 밥을 차려주는 주인이 되고 싶다는 생각을 하게 된 것도 이곳에서였다.

사람은 얻어먹으면 일단은 고맙고 따뜻함을 느끼겠지만 그게 쌓이면 빚이 된다. 그럴 때 학생들은 이 카페의 주인에게 자신이 그린 그림들을 선물했다. 가진 것이라곤 그려놓은 그림뿐이고, 줄 수 있는 것 역시 그림뿐이었을 테니.

이 카페의 주인이 유명한 화가들의 그림을 많이 가지고 있는 이유가 그것이다.

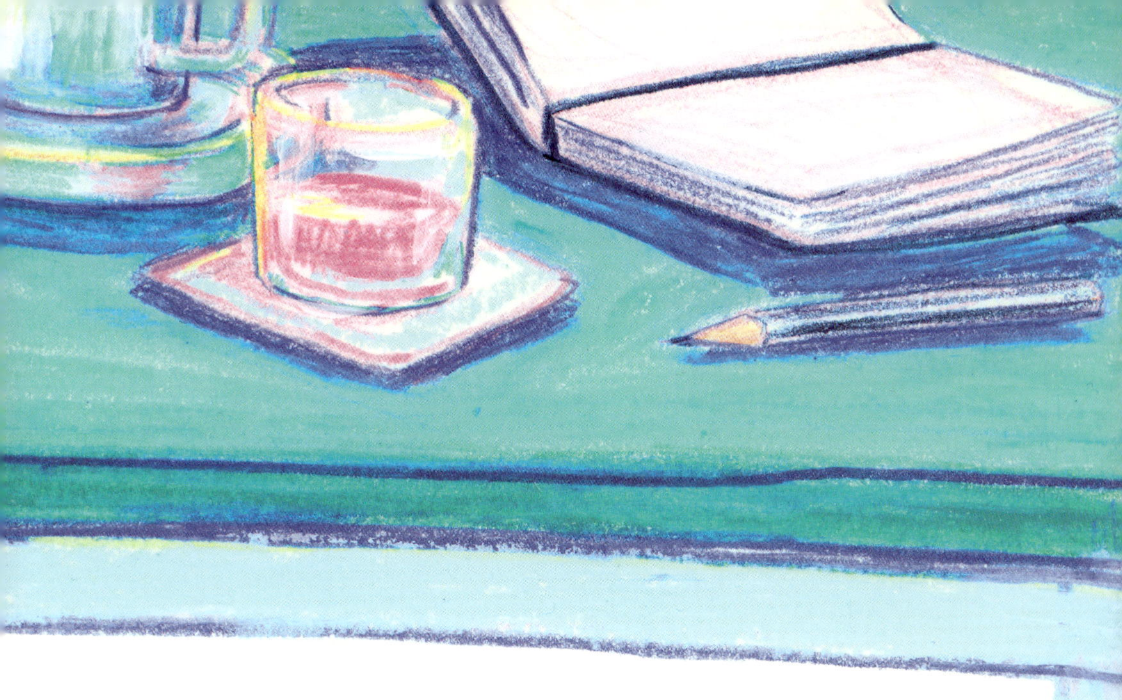

카페 주인은 안 유명한 그림까지 끌어안고 있다고, 그의 좁은 창고에 그림들이 넘쳐난다고 그림들을 덜어내진 않았을 것 같다. 그의 좋은 마음이 그 그림들에게 주문을 걸어 살리고 살려, 화가들도 세상에 하나둘씩 알려지곤 했을 테니까.

유명하지 않다 한들 그건 또 어떤가. 우린 아직 뛰어들지 않았을 뿐. 어쩌면 우리는 아직 태어나지 않은 것에 불과할 뿐이지 않겠는가 말이다. 모두가 반짝이라도 알려져 한탕이나마 하길 원하는 이 천박한 세상에서 오래 익혀 멀리 뻗으려는 당신이 여기에 들른다.

아직도 창고에서 숨 쉬고 있을 재능들에게, 아직 피어나지 못한 청춘의 가슴들에게, 이 카페는 넌지시 말해주는 것만 같다.

시간이 우리를 잠시 막고 있을 뿐.
시간은 당신의 모든 가능성을 숙성시키는 중이라고.

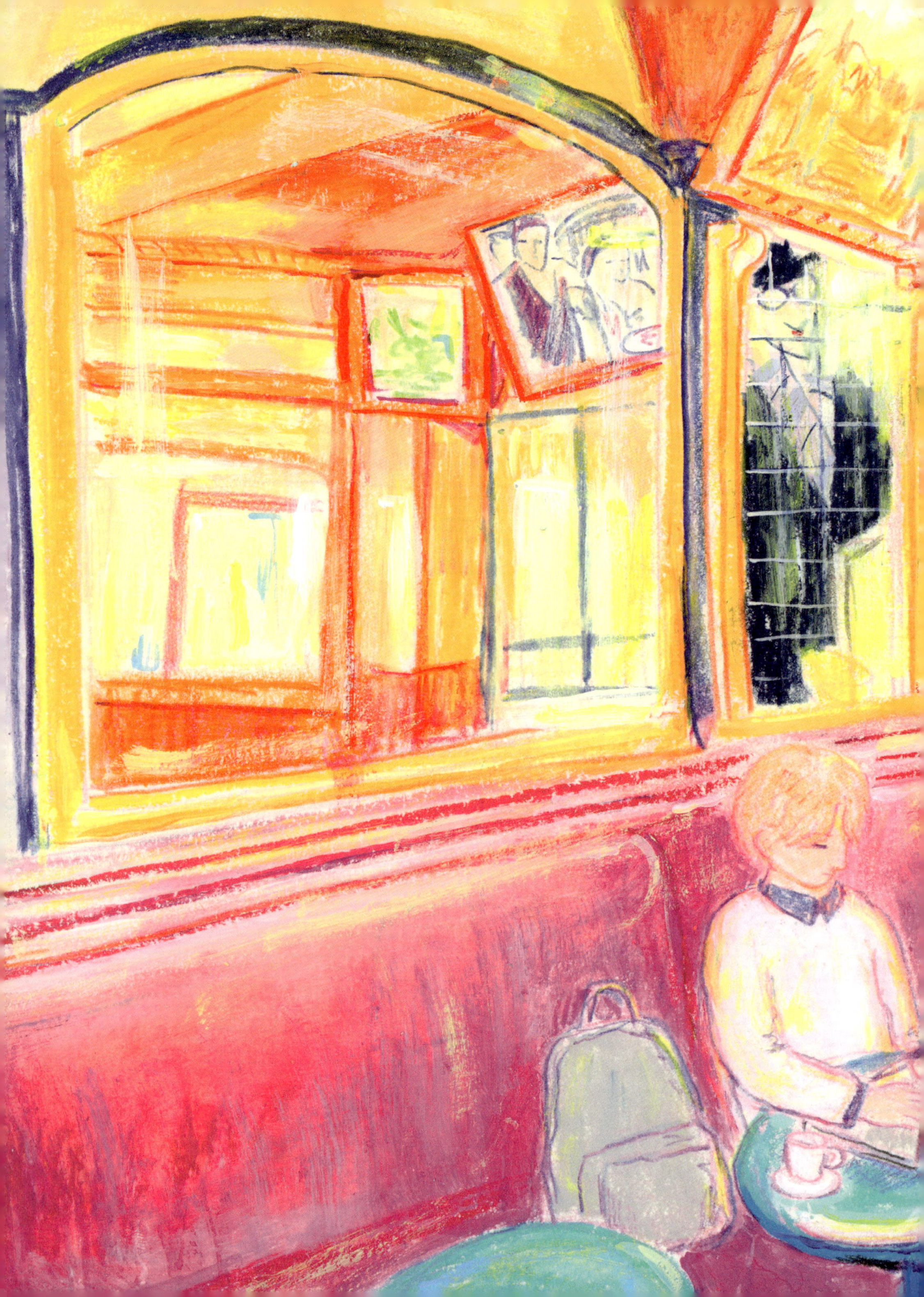

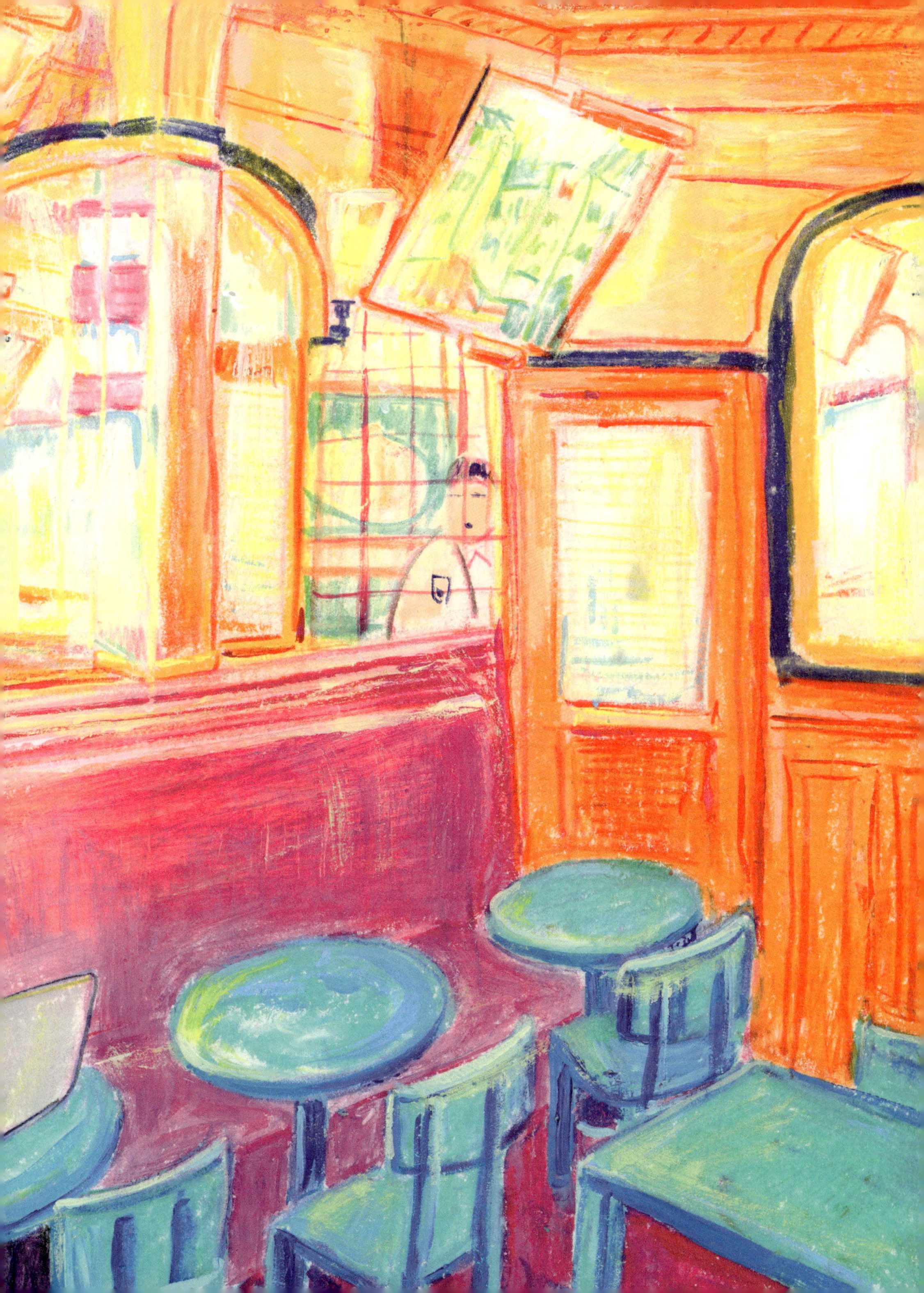

꿈이라는
방 한 칸

나이 마흔. 오랜 기간 글을 써왔지만 그때까지 한 권도 출판한 경력이 없는 작가, 헨리 밀러.

밀러는 파리만이 자신을 구원해줄 것이라는 확신을 가지고 파리행을 결정합니다. 조금 길어질 것 같았지요. 두렵기도 했지만 그가 받들었던 시인 랭보의 아우라가 자신을 지켜줄 것이라 믿었고 자신 또한 '지옥에서 보낸 한철'을 써내리라 마음을 먹었죠.

일단은 가난했습니다. 굶기 일쑤였어요. 그래도 파리의 예술가들 사이에서 숨을 쉬는 것이 행복했습니다. 밀러는 예술가들의 분위기를 먹는 것만으로도 배고프지 않았습니다.

하루종일 카페에 앉아 커피와 술을 마시고 자리를 오래 차지하고 있어서 헨리 밀러의 테이블엔 늘 계산서가 쌓여 있었다고 해요.

운이 좋은 날이면, 밀러보다 더 운이 좋아 형편이 좀 나은 사람이 지나다가 혹은 옆에 앉아 있다가 그의 사정을 알아채고는 그가 소비한 것들을 계산해주곤 했답니다.

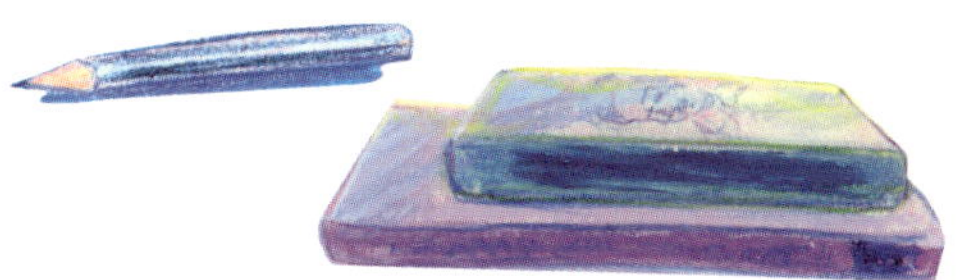

문학을 이야기할 때면 공기를 울리는 깊은 목소리에 늘 구겨진 모자를 쓴 채 떠돌이 모습을 하고 다녔던 밀러는 몽파르나스에서 가장 사랑받는 인물로 떠오릅니다. 초췌함 뒤로 분명 뭔가 있어 보였던 겁니다. 그 점은 파리의 예술가들을 자극하고 압도했지요. 그의 각별한 에너지를 발견한 예술가들이 그와 차 한잔 마시기 위해 자주 그를 찾아왔어요. 마치 바람처럼 공기처럼 그를 도우려는 사람들이 나타나기 시작합니다. 동료 예술가들은 그에게 카페에서 이러지 말고 제대로 글에 전념하라고 호텔을 잡아 장기임대해 주기도 합니다.

마침내 밀러는 압도적 성공을 거두게 될 소설 『북회귀선』을 출판사에 던집니다. 그 불꽃을 시작으로 파리에 있는 동안 일곱 권의 장편소설과 단편소설집을 출판하면서 이른바 출세라는 걸 하게 되지요.

파리에 와서 비로소 자신의 세계를 완성한 예술가들이 몇천만 명은 될 겁니다. 그 숫자라면 큰 나라 하나를 이루고도 남을 거예요. 그래서 그런가요. 파리는 유럽의 수도이면서 예술의 수도라는 사실에 아무도 토를 달지 않습니다.

파리에 도착해서도 주머니에 단돈 몇 달러밖에 없던 밀러는 그저 자신이 사랑에 빠진 파리에 다시 왔다는 사실에 모두를 내맡긴 겁니다. 어떤 도시와의 인연은 한 인간을 꽃피우게 하고 한 인간을 조각합니다. 어떤 사람과의 인연 또한 그렇고말고요.

파리에서 십 년을 한철처럼 보내고 미국으로 돌아간 밀러는 파리를 회상하며 이렇게 말합니다.

"파리에 갈 필요를 자주 느끼는 건 아니지만
반드시 꼭 가야 할 때가 있어요.
무엇보다도 파리가 엄청난 에너지로 존재한다는 사실을
확인했으니 그 에너지를 받으러 언제든 가야죠.
파리가 없다면 이 세상은,
이 세상 예술가들은 과연 어떻게 될까요?"

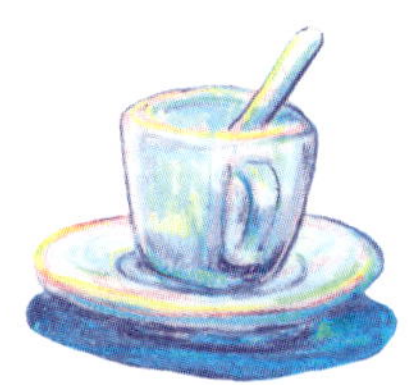

창문 가득
꽃향기

파리 외곽에 한 유학생이 살았다.

우연히 얻은 집 창문으로 운좋게도 베르사유궁전이 보였다.

봄이 지나갈 무렵 창가에 맨드라미를 심었다.

며칠 뒤 구청으로부터 편지 한 통이 날아왔다.

맨드라미를 거둬들이라는 내용이었다. 동네 미관에 어울리지 않는 꽃이라며

아울러 동네가 추구하는 미감을 따라줄 것을 그에게 당부했다.

뭔 소리인가. 구청을 찾아가 따졌다. 맨드라미의 무엇이 잘못됐단 말인가.

구청은 그에게 책자 한 권을 건넸다. 이런 꽃들을 심으라며 건넨 두툼한 책자에

는 그야말로 '시가 추구하는' 꽃들의 사진과 목록들이 칸칸이 정리되어 있었다.

"이렇게 많은 꽃들 중에 도대체 나는 뭘 심어야 해요?"

구청이 화사한 얼굴로 바로 대답했다. "이 계절엔 나팔꽃이죠."

핑크색의, 벽을 타고 오르는, 키가 엄청 자라는, 넝쿨로 넘치는 그것을 말했다.

"이건 별도의 지지대도 필요할 텐데 난 가난한 유학생이에요. 그거 사려면 돈도

들 테고 나로선 꽤 부담스럽네요."

구청이 말했다. "그런 문제라면 당연히 시에서 보조해드립니다."

그러고는 내민 서류가 한 무더기.

나팔꽃을 심어서 창가가 밝아지는 것이 싫은 건 아니었지만 그는 보조금 받는

일을 포기했다. 서류를 다 꾸미기도 전에 벌써부터 피로했던 것이다.

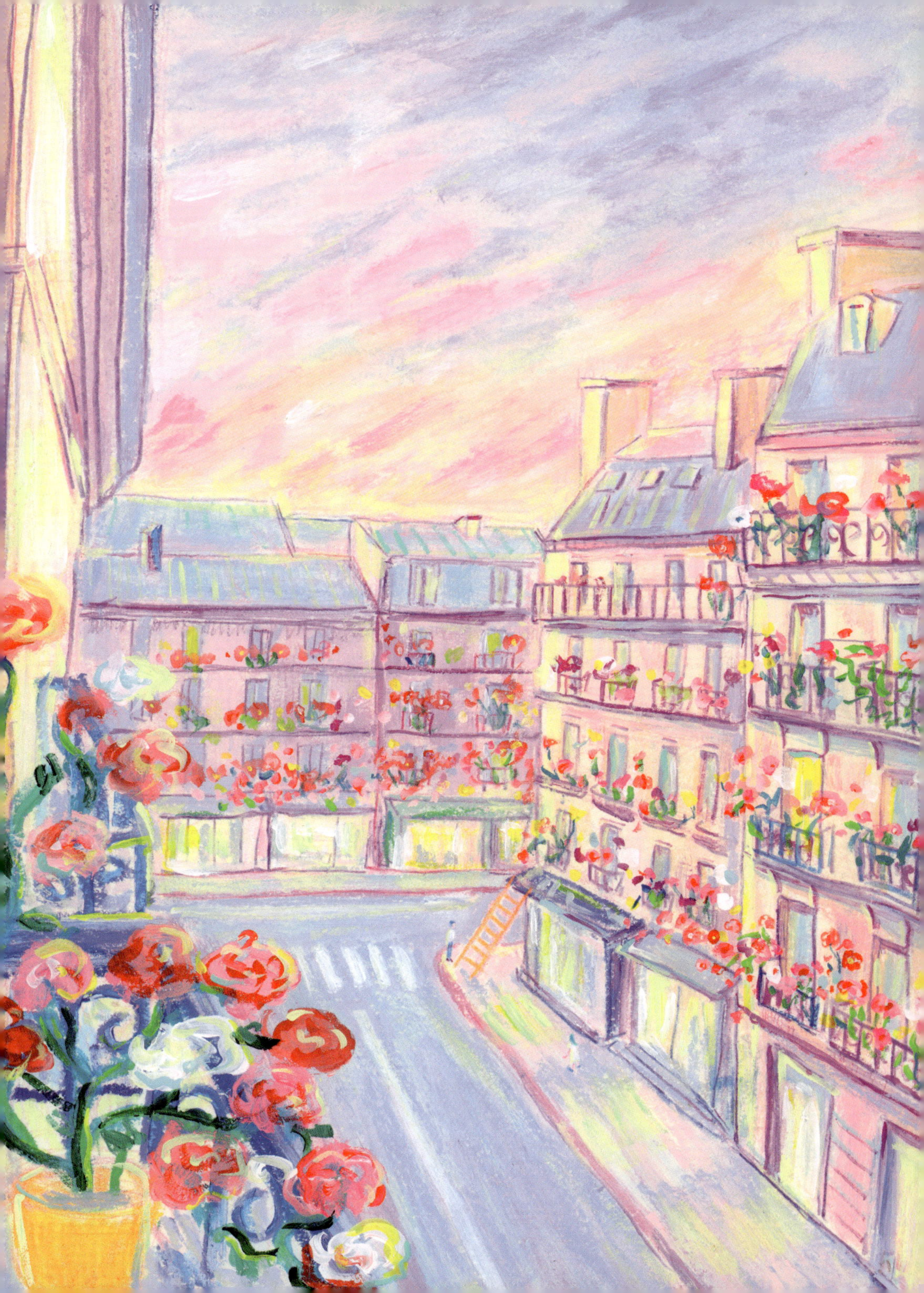

영혼의 여름날,
그리고 바람 한 점

여자가 간판에 그림을 그리느라 사다리에 올라가 있다. 한국에서
온 후배는 그 앞을 지나다가 용기를 내어 몸을 뒤로 돌린 뒤 다시
그 자리에 선다. 그리고 허공을 향해 몸을 올려둔 여자에게 말을
건다.
안녕. 돌아오는 대답도 안녕.
그 이야기를 들려주며 흥분해 있는 후배에게 나는 살짝 열을 낸다.

- 그게 다야?
- 그게 다라니?
- 그 여자한테 다시 가서 말을 걸어봐. 아직 간판 일이 끝나지 않
았을 거 아냐.

다시 다녀왔다는 후배에게 장난기를 섞어 내가 묻는다.

- 사랑한다고 말은 했지?
- 당연히 그랬어야 하는데 그 말을 못 하고 왔지.

후배는 늘 내 농담을 잘 받아넘긴다. 그럼 어떻게 해야 하나. 후배가 파리에 머물기로 한 시간이 단 이틀밖에는 남아 있질 않았는데. 딱히 답은 없겠지만서도 내가 생각하기에 가장 좋은 방법은…… 매일 그녀 앞에 나타나는 거야. 열 번을 그렇게 할 수 있다면 그게 '사랑한다'는 말하고 맞먹지. 쌓이는 시간이 사랑을 만들어준다고 믿는 사람들이 세상에는 많아. 적어도 여기 파리는.

잔소리를 또 하고 말았다.

- 와인 한 병을 사가지고 가서 불쑥 내밀어. 와인 따개는 그녀가 가지고 있을 거야. 아무렴. 잔도 있을 거야.

사랑은 직진과 겹침 사이, 감정의 충분한 질과 양으로 결정돼. 조금이라도 확신이 든다면 이 모두를 털어 온 힘을 다해 고백하기. 그 고백은 나중에는 코 푼 휴지가 되어 상대를 통해 버려지기도 하겠지만. 그래도 저지르기. 이틀밖에 시간이 없다는데.

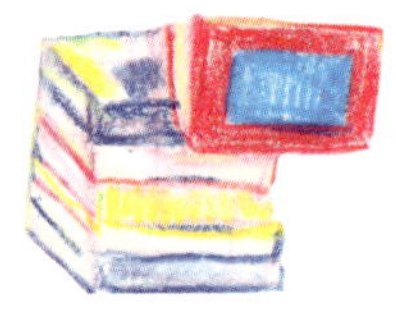

파리에서의 사랑은 길목 어딘가에서 마법처럼 시작되고 테이블 건너에서 환하게 차오른다. 그렇게 시작된 사랑은 이별할 수도 있다는 충분한 가능성을 접수한 상태로 발진한다. 이것이 가능한 것은 어려서부터 꽤 많은 사랑의 형태와 사랑의 지도를 경험하기 때문.

헤어질 수도 있어. 헤어졌다가 다시 만날 수도 있어. 헤어졌다고 해서 완전 남남이 되거나 단절되는 게 아닌, 연명하는 사이로 남는 것도 가능해. 헤어짐을 잘하는 사람들이 되어야지. 사랑은 구급차 안에서도 일어나고 메트로에서의 부딪힘만으로도 가능해. 너무나 가능하고 가능해서 사람들은 비워놓지. 다른 감각의 사람을 들여놓기 위해 자리를 비워놓고 내 몸이 반응하는 것들을 담기 위해 마음을 비워놓지. 사랑은 그래서 집이야.

출발점이 좋으면 모든 것이 하나로 합쳐지고,

모든 것이 확실해지고 풍부해집니다.

우리는 운명에 이끌려 눈가리개를 한 채

그곳으로 가는데 대개 성공하지요.

선택하지 않아도 돼요…… 멈출 수 없이 그렇게 돼요.

당신이 한번 끌리는 길을 택했다면 뒤돌아보지 마세요.

— 작가 유르기스 발트루샤이티스 Jurgis Baltrušaitis
(1988년 파리에서의 대화 중)

파리에는 사람 숫자만큼이나 사랑이 많지만 하나같
이 선명하다는 것. 모든 사람들은 낯선 사람들이 된
듯 날것의 낭만을 먹고 마시며 낭비한다. 그 축제를
통해 마침내 자기 자신을 알아보는 것. 그래서 파리
사람 중에는 사랑을 안 하고 있는 사람이 없다.
모든 파리사람들은 사랑을 경유하여 사랑으로 간다.
거짓말같이, 참 이상할 정도로 늘 사랑을 하는 사람
들. 사랑이 많아 사랑을 반복하고 사랑한테로만 돌
아가려는 사람들. 사랑으로 불멸하려는 사람들.
그들에게 있어 모든 '지나간 사랑'은 단지 리허설에
불과할 뿐이다.

최근 유네스코 산하 문화정책연구소에서는 '한국문화의 힘'에
관해 연구하는 특별 팀이 마련되었는데 우리는 파리사람들의
사랑의 인자뼈 f에 대해 연구하는 팀을 꾸려야 해.

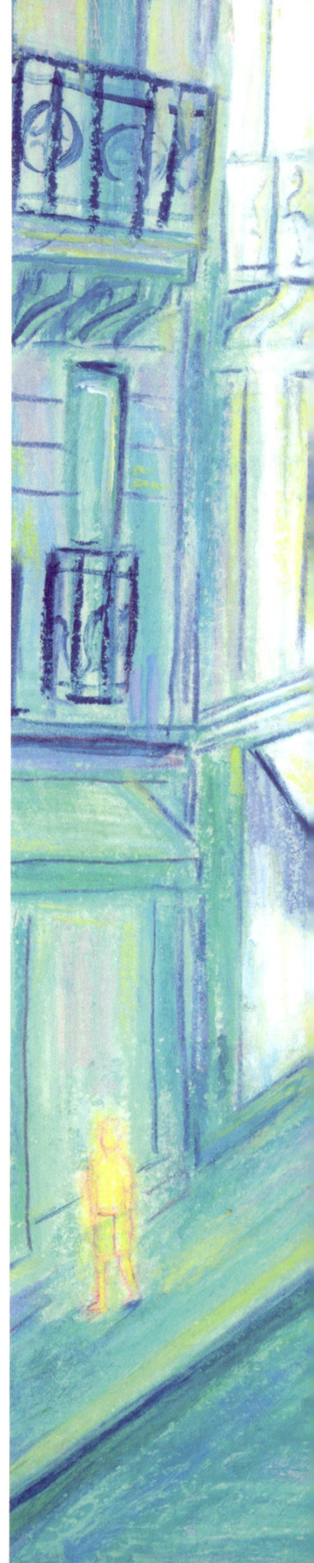

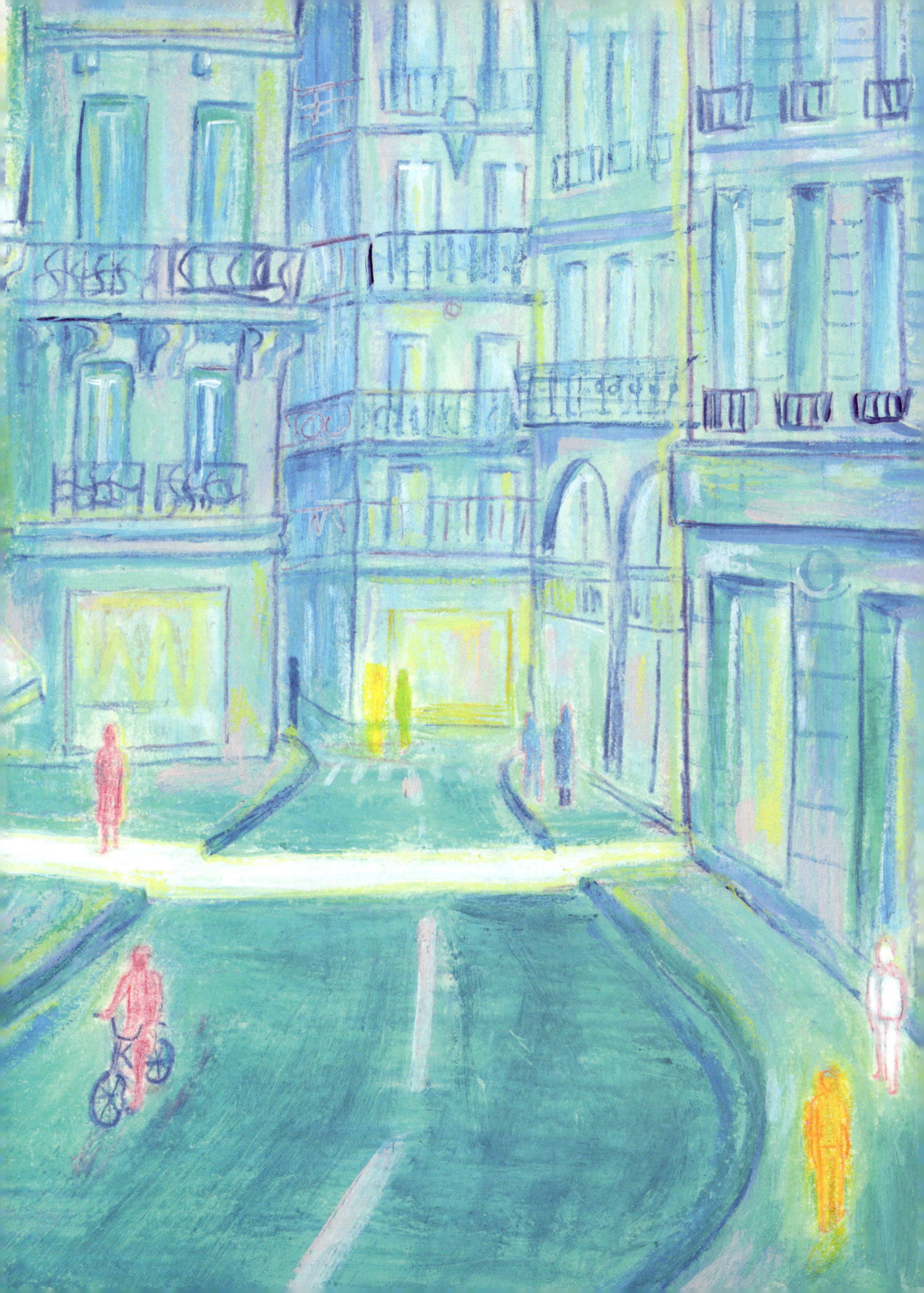

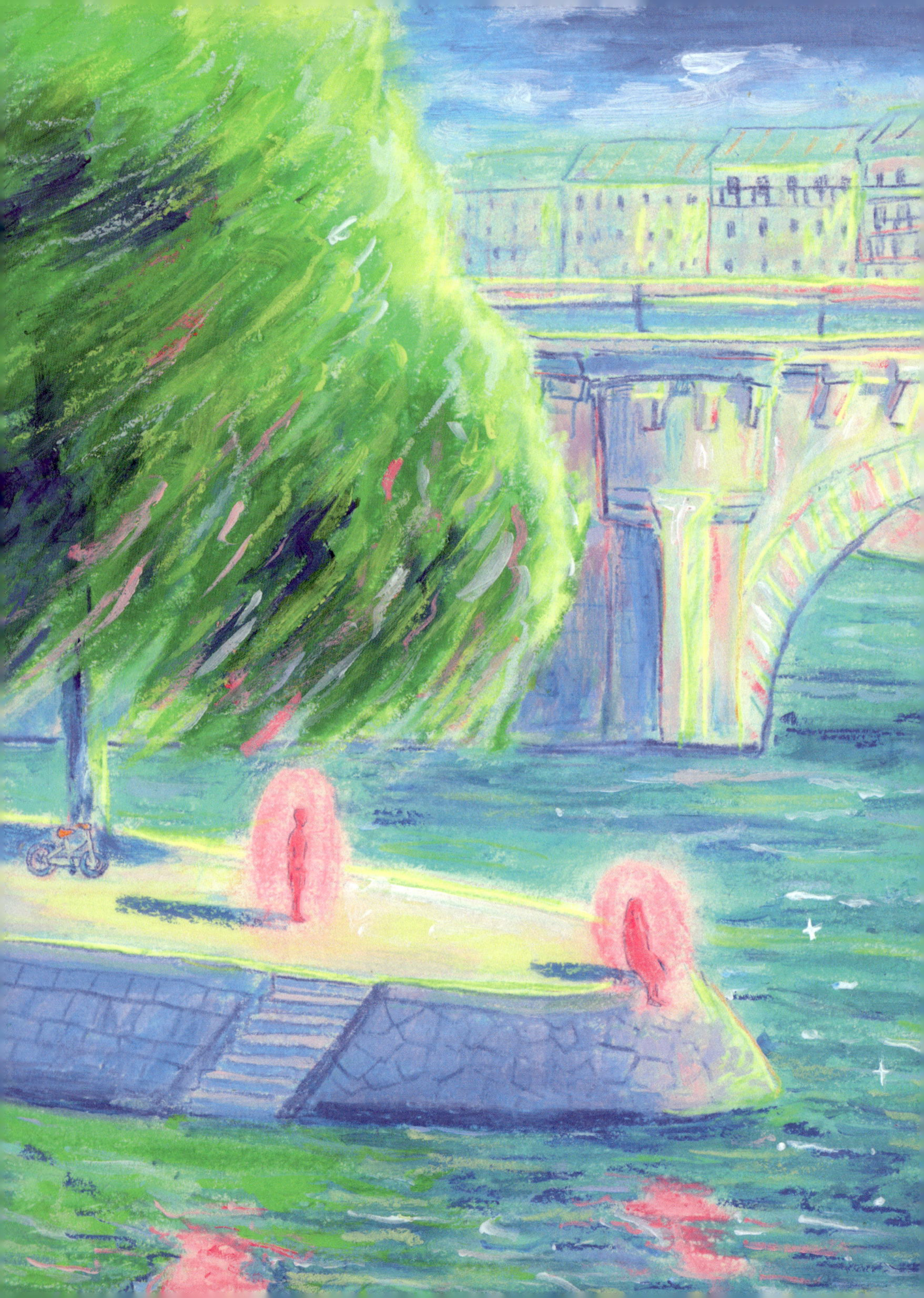

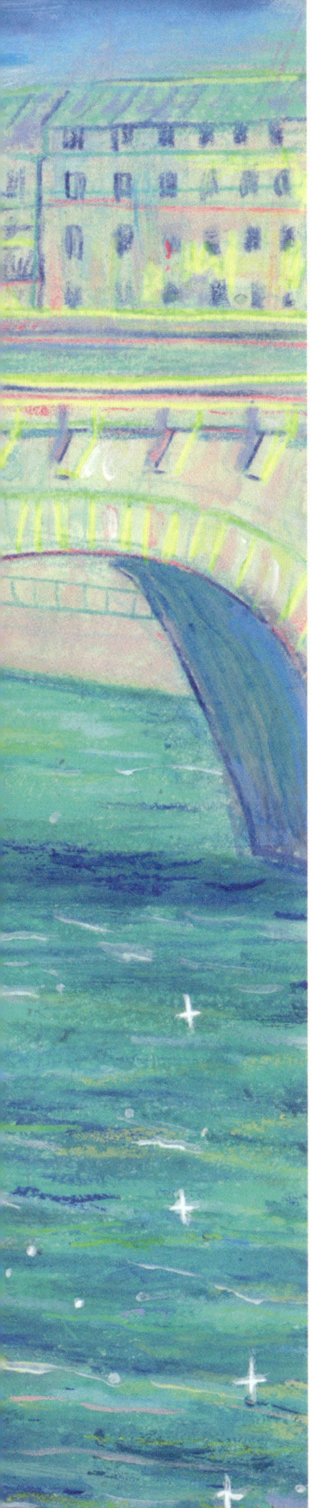

그래서 그래

Voilà pourquoi

'사랑은 시詩야'라고 말하는 사람에게
시가 사랑만큼 아늑할 수는 없을 거라고 말할게.

당신을 좋아하는 이유가 자꾸 넘쳐나는 것은
당신을 좋아하고 난 후부터
당신의 보풀이나 곁가지들조차 좋아지기 시작했다는 것이
겠지만

당신을 향해 있는 내 돛이 이만큼이나 무거워졌다고 해서
쉽게 좋아한다고 말하지는 않을게.

아끼고 아낄 수 있다면
그사이 나무는 푸르러질 테지.
나는 강변 앞에서 등을 보인 당신에게
더 멀리 떨어져서 천천히 사랑하자고 말하지는 않을게.

낯선 사람처럼 나 자신에게 또렷이 물을게.
다른 무엇을 사랑하는 척 사랑을 숨기고 있지는 않은지.
그래서 누구를 사랑하고 있냐고.

대답 뒤에 천천히 차오르는 잔물결.

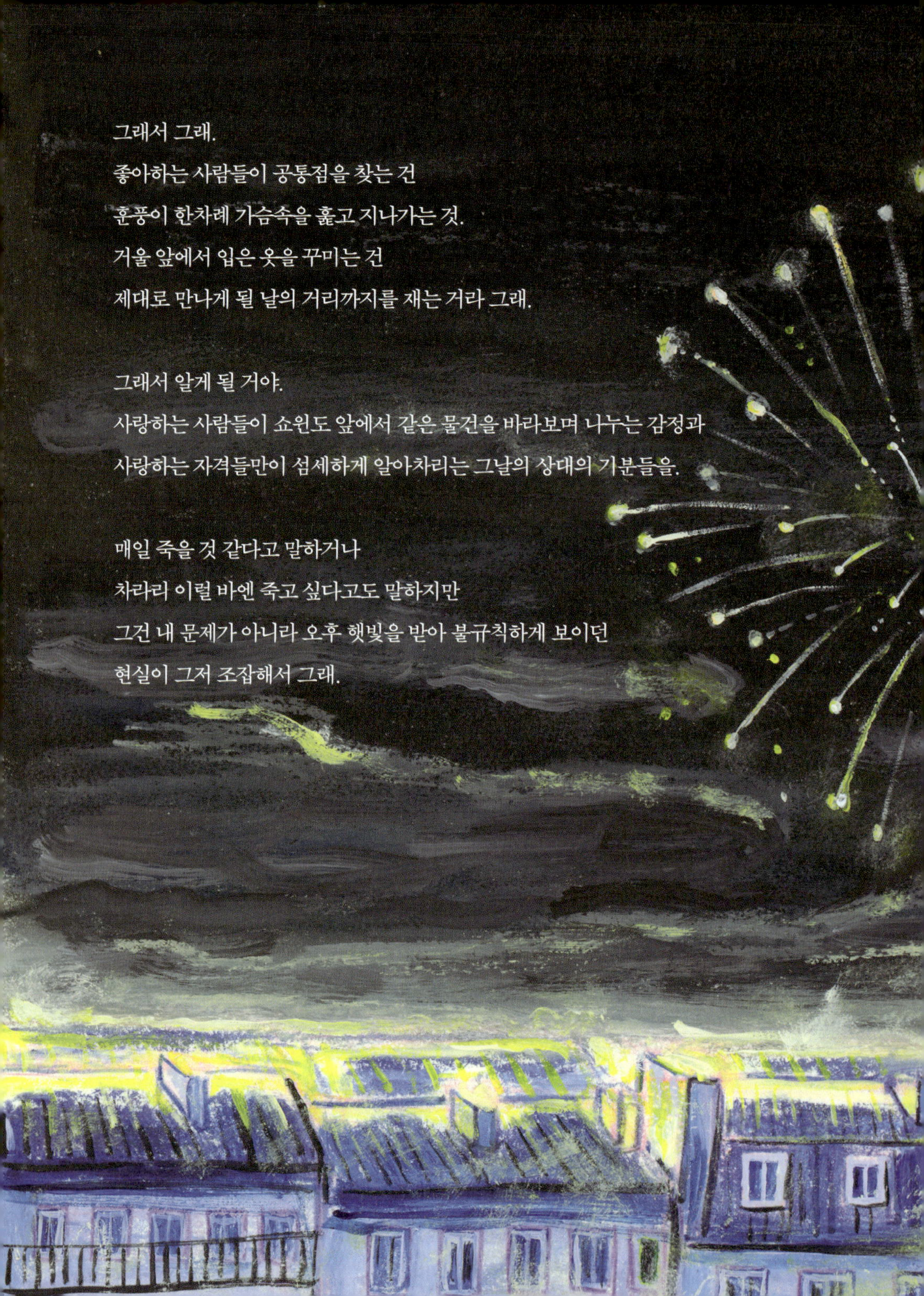

그래서 그래.
좋아하는 사람들이 공통점을 찾는 건
훈풍이 한차례 가슴속을 훑고 지나가는 것.
거울 앞에서 입은 옷을 꾸미는 건
제대로 만나게 될 날의 거리까지를 재는 거라 그래.

그래서 알게 될 거야.
사랑하는 사람들이 쇼윈도 앞에서 같은 물건을 바라보며 나누는 감정과
사랑하는 자격들만이 섬세하게 알아차리는 그날의 상대의 기분들을.

매일 죽을 것 같다고 말하거나
차라리 이럴 바엔 죽고 싶다고도 말하지만
그건 내 문제가 아니라 오후 햇빛을 받아 불규칙하게 보이던
현실이 그저 조잡해서 그래.

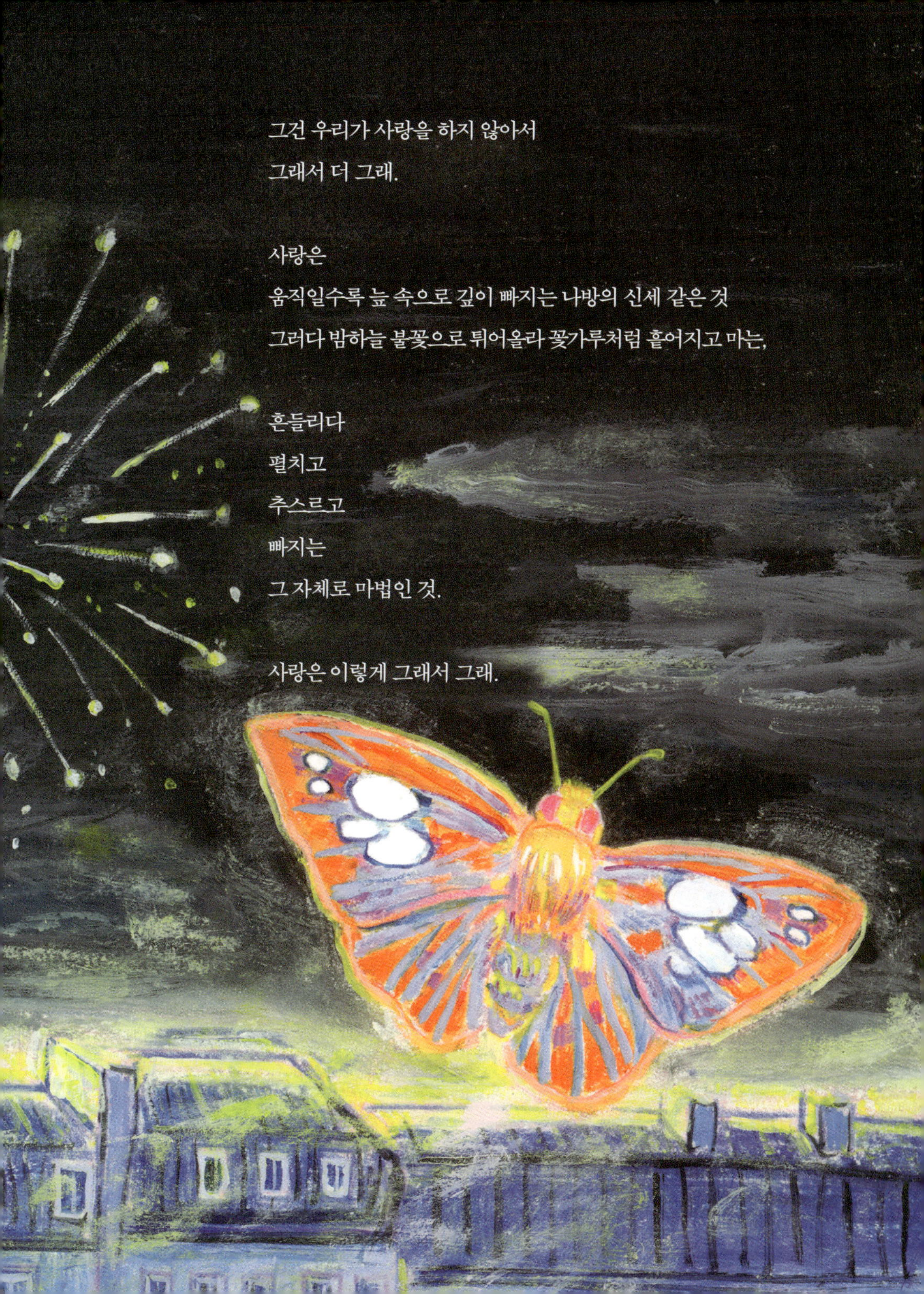

그건 우리가 사랑을 하지 않아서
그래서 더 그래.

사랑은
움직일수록 늪 속으로 깊이 빠지는 나방의 신세 같은 것
그러다 밤하늘 불꽃으로 튀어올라 꽃가루처럼 흩어지고 마는,

흔들리다
펼치고
추스르고
빠지는
그 자체로 마법인 것.

사랑은 이렇게 그래서 그래.

이번 생의 나는
너무했다

나이 먹는다는 건 뭔가요.

파리 몽마르트르묘지에서 세바스티앙이 내게 물었다. 눈금이라는 말이 퍼뜩 생각났다. 내 눈금도 꽤 되었기 때문이리라. 하지만 눈금을 채워가는 것인지 비워가는 것인지 명확하지 않아 나는 대답하지 않았다.

어떤 이는 자신의 무덤을 이야기하면서 자신이 죽으면 무덤을 무조건 깊이 파라고 말한 이도 있다. 그것도 분명 눈금과 관련된 이야기.

눈금을 갉아먹는 것. 눈금을 쌓아가는 것. 그게 뭐라도 좋으니 눈금을 따라 살아가는 중이라고 할 수 있으려나. 분명한 것은 그것이 자의 눈금인지, 저울의 눈금인지는 그것을 대하는 감도 차이일 수도 있겠다. 나와, 당신은, 삶을 대하는 온도계의 눈금이라 말할 수도 있겠지.

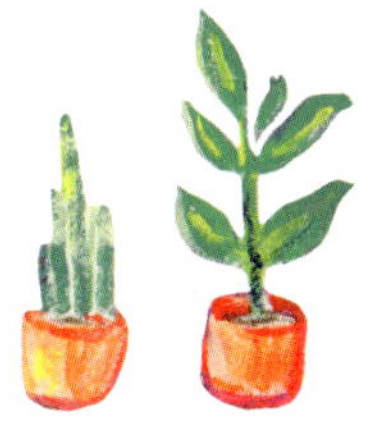

그래도 잘 모르겠다. 나이를 먹는다는 것이 무엇인지.
잔뜩 두껍게 낀 돌무덤들의 이끼와
물을 주지 않아 죽어가는 화분들과
넓은 묘단 위에 수북이 쌓여 썩어가는 낙엽들을 봤다는 것.
오늘 나는 묘지를 따라 걸으며 그런 것들을 봤다는 것.

지난 십이월 파리에서 일어난 일이다. 주인이 죽자 며칠 뒤 주인
이 기르던 개가 사라졌다. 오래 보이지 않던 개를 찾아낸 곳은 묘
지였다. 묘지 관리인이 고인의 아들에게 연락을 해서는 개 한 마
리가 그의 아버지 무덤에 구덩이를 파고 엎드려 지낸다고 알려준
것이다. 아무것도 먹지 않고 며칠 동안 좁은 구덩이 속에서 엎드
려 있었다. 주인이 떠난 지 한 달도 안 된 크리스마스였다. 개는 평
화로이 주인의 무덤 앞에 자신의 영혼을 바친다.

한 다리 건너 나의 친구 이자벨도 개를 기르고 있었다. SNS에서
주인의 무덤 옆에서 죽어간 개의 소식을 접한 날부터 마음을 먹은
게 있었다. 매일 출퇴근길에 묘지를 들러 오가는 것.

실제로 묘지를 찾는 파리사람들은 많다. 산책처럼, 여행처럼 말이다. 묘지를 좋아해서일까. 틀린 말은 아닐 것이다. 죽은 사람들과 대화를 하는 것도 맞다. 살아 있다는 것은 죽음에 대해 끊임없이 질문하는 것이고 잘 산다는 것은 이 삶과 잘 이별하는 것과 일치하기 때문일 테니. 그러니 무덤에게 말 걸기. 농담하기. 일상과 무덤 사이의 차이를 지우기.

어떤 묘지는 희극적이다. 특별한 비문 대신 물음표 하나를 잘 조각해놓은 몽마르트르묘지 앞에서 나는 힘없이 웃었다. 어떤 묘지는 관능적이다. 세상에 자신을 진하게 남기겠다는 어떤 포즈는 세상에 강렬한 향과 바람을 폴폴 피워낸다.

나의 묘비명에는 무엇을 적을 거냐는 질문을 몇 번 받는다. 매번 대답하지 않았는데 이 글을 쓰면서 얼른 떠올려본다.

— 술을 좋아했고, 술보다는 사람을 좋아했고,
  사람보다는 자신을 좋아했을지도 모를 한 사람이
  여기 사랑과 함께 잠들어 있다.

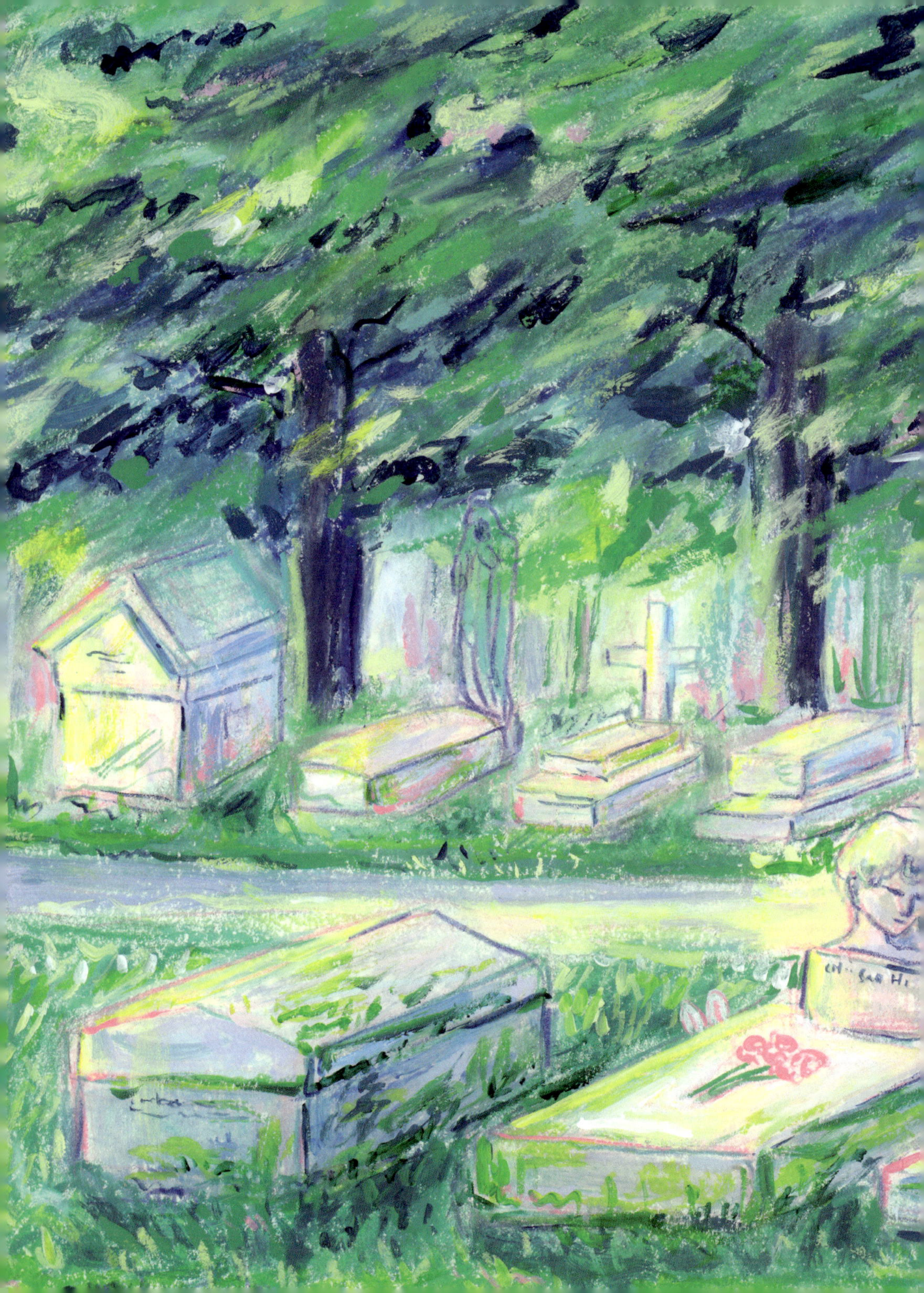

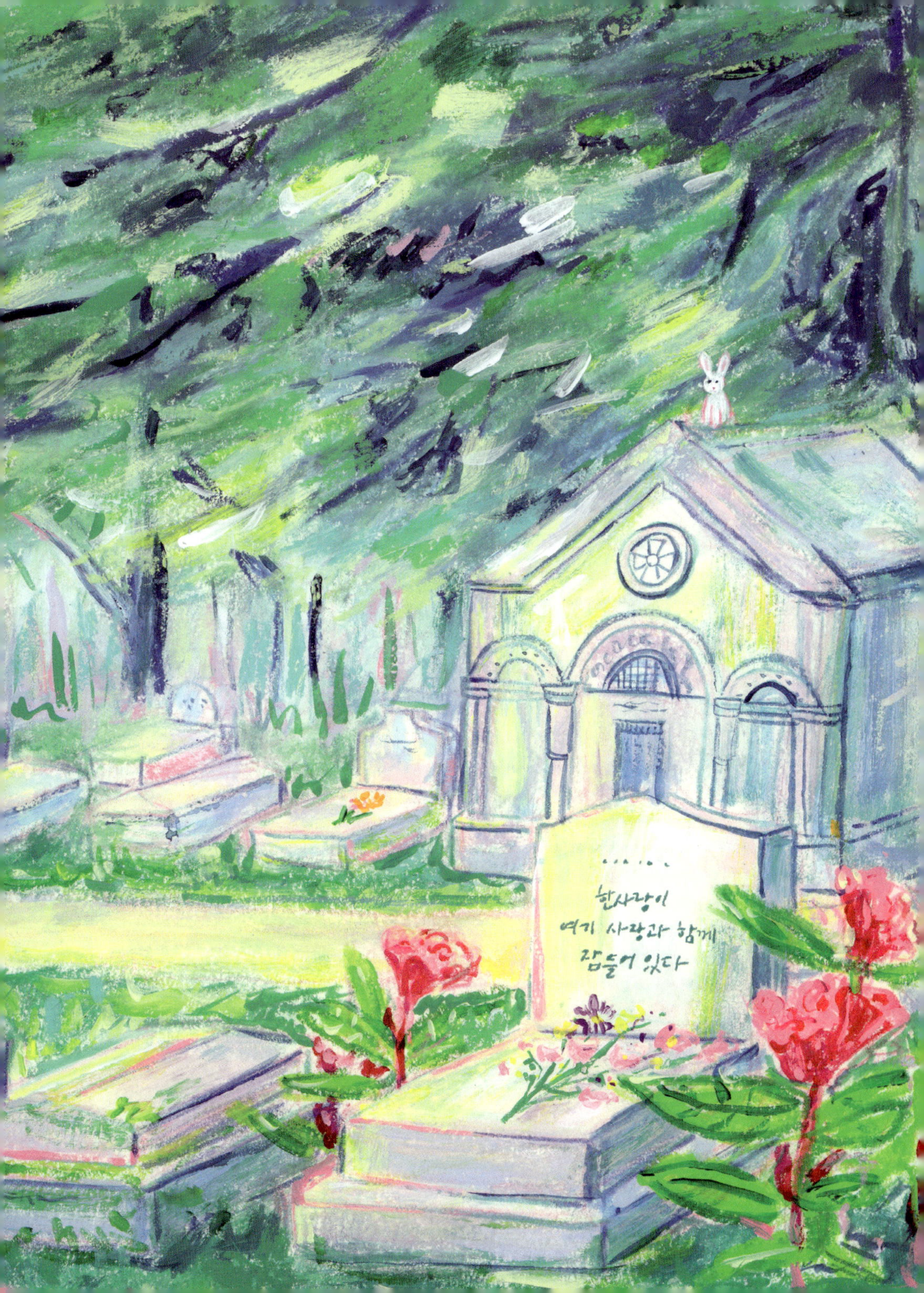
한사랑이
여기 사랑과 함께
잠들어 있다

와인
고래

친구네 집에 초대받아 간단한 저녁식사를 하러 간 자리에 어느 한 친구가 와인 한 병을 들고 왔겠다. 저녁상치고는 굉장한 성의를 보인 친구에게, 와인을 사온 친구가 말하기를 "난 오늘 아무것도 사오지 않아서 미안하네"라고 말했고 아까 와인을 건네받은 집주인 친구는 "에이, 괜찮아" 하면서 친구가 사온 와인을 따라준다. 빈손으로 오라고 해서 빈손으로 간 것이 맞을 것이란 말이다. 이 정도라면 파리에서 와인의 존재는 정말이지 아무것도 아닌 것이거나 차라리 공기 같은 것이란 생각을 하게 된다.

"와인은 그냥 물 같은 거예요. 여기저기 아무데나 막 있으니까요." 한 파리지엔이 말한 와인에 대한 정의다. 물값만큼의 가치라는 의미이기도 하거니와, 실제로 주변 어디에든 늘 있다. '널려 있다'라는 말이 더 적합할 정도로 빈병이라도 어디든 굴러다니고 있다. 우리도 소주를 많이 마시지만 그것하고는 비교가 안 되는 것 같다. 그들 집에 차곡차곡 보관하고 있는 와인의 양을 감안할 때 더 그렇다.

주택의 경우 지하에는 보통 카브cave라고 부르는 창고를 두는데 그곳에 고이 모셔둔 와인까지 치자면 소주하고는 비교할 게 못 된다. 심지어 시간이 지나면 지날수록 가격도 올라간다.

파리 외곽에서 포도 농장을 하는 사람을 알고 있다. 대만사람인데 자신의 결혼식에 쓸 와인을 만들기 위해 그 농장을 샀다고 한다. 처음 몇 해는 포도 농사를 실패했고 또 다음 몇 해는 와인 만들기를 실패했다. 사람들이 그에게 물었다.

"너 그래서 언제쯤 결혼식에 쓸 와인을 만들 수 있겠어?"

와인이 완성될 때까지 결혼은 없다는 선언과 함께 포도밭 일에만 열중했다. 결혼이 중요한지 와인이 중요한지의 두 가지 갈림길에서 그는 한길만 택했다. 사실 포도는 정말이지 변덕스럽다. 기후와 땅의 좋은 조건만으로 재배가 쉬운 것도 아니며 포도를 수확한 후 와인을 담그는 일과 숙성의 과정, 모든 면에서 지랄맞고도 변덕스러운 성격을 드러내고 만다는 말이 맞을 것이다. 그걸 지키고 바라보고 기다리는 일은 성스러운 일이 분명하고, 체질이 맞는 사람이 그 일을 한다.

와인을 특별히 여기지도 않으면서 의미하기와 의미 두기를 즐긴다는 인상이 분명히 있다. 와인에 의미를 부여하자면 끝이 없다. 시간의 의미를 담고 있어서 더 그렇다. 풍미를 위해 와인을 열어두는 행위도 그렇다. 짧게는 십 분, 길게는 한 시간 이상 와인을 열어두면서 공기와 맞닿은 와인을 마시는데 실제로 '소 뒤에서 나는 고린내를 날려보낸다'는 말을 쓴다.

부모가 유산을 물려주겠다고 선언하는 식사 자리에서 소장하고 있던 와인 중 제일 값비싼 와인을 따면서 유언을 남기기도 한다. 아이가 태어나면 좋은 와인을 찾으러 떠나기도 하는데 그해의 좋은 와인 몇 상자를 쟁여둔 다음 자식의 결혼식에 오픈하면서 축배를 들거나 파티용으로 쓰기도 하며, 프러포즈할 때 라벨에 두 사람의 사진을 인쇄해 둘의 사랑을 오래 묵히자는 뜻으로 전달하기도 한다. 여행을 하면서 좋은 와인을 사서 모으지만 그 사람은 실제로 술을 못 마시는 사람인 경우도 봤다.

매년 파리에서 7억 9백만 병이 소비되고 1인당 47리터를 소비한다. 저녁식사 때는 파리사람 82퍼센트가 와인을 물 마시듯 마시며 점심식사 때는 4분의 3이 와인을 역시나 물 마시듯 마신다는 통계가 있다. 특별히 값을 지불하는 물을 따로 시키지 않을 경우에도 공짜 물을 내주는데 "수돗물입니다" 하고 손님에게 한번 확인을 거친 후 물을 내준다. 이 물은 주로 목을 축이는 정도로만 사용한다. 식당에서 마시는 와인의 양이 식당에서 소비하는 물의 양을 앞지르는 걸 체감하는 대목이다.

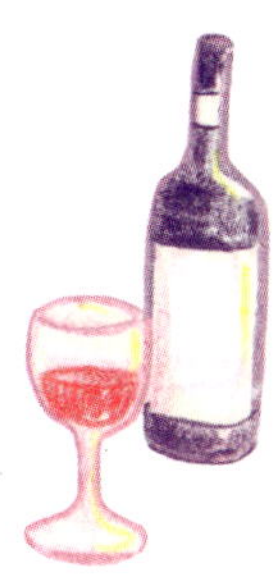

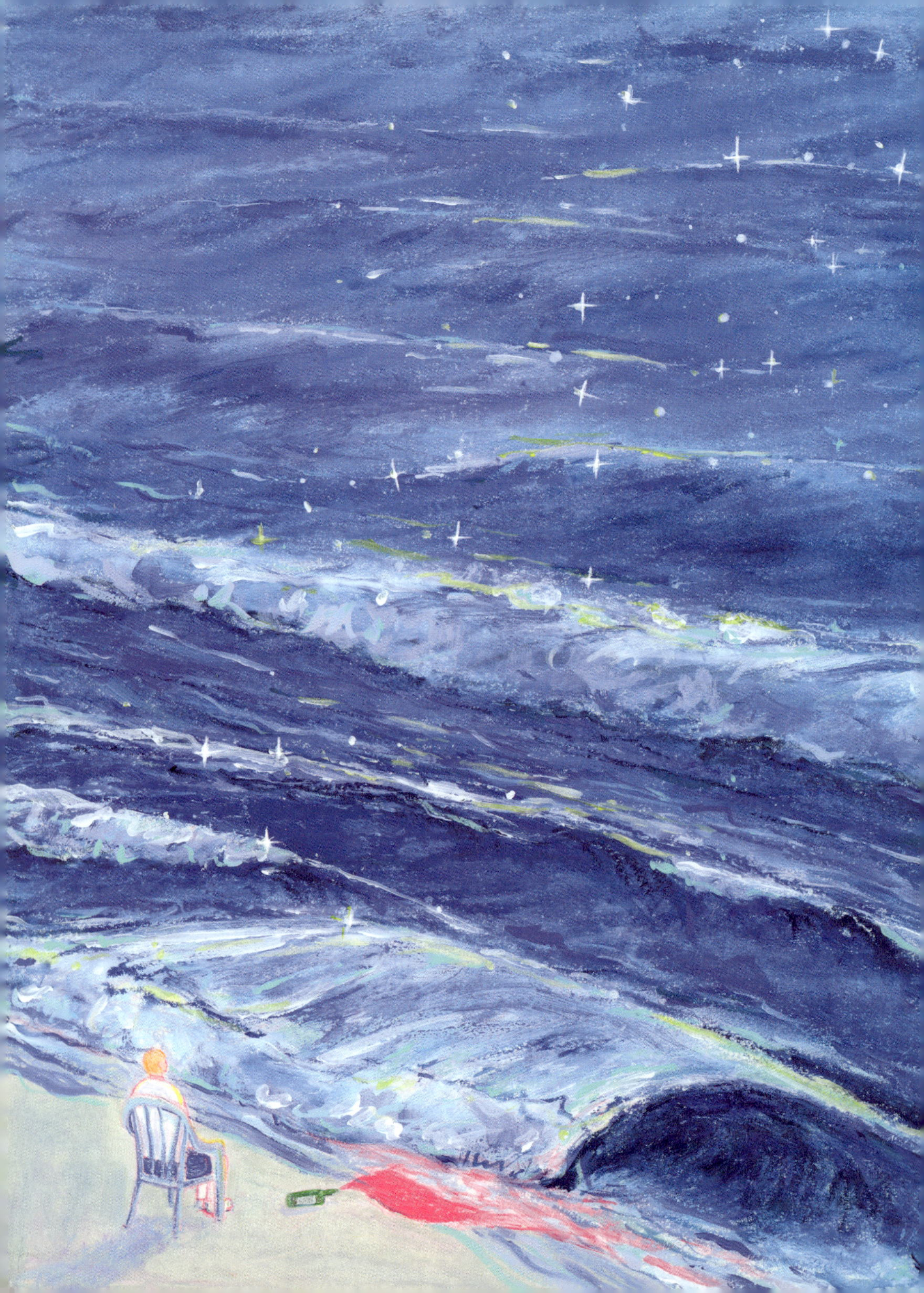

나는 이번 파리 여행에서 와인 한 병을 선물 받았다.

친구가 한국에서 온 시인에게 선물할 거라며 샀다는데 와인가게 주인이 잠시 고민하는 듯하더니 자신에 찬 얼굴로 와인 한 병을 권하면서 '내가 생각하는 시인 이미지는 파도, 그 자체라고 생각하거든요. 이 와인 역시 파도를 닮았고말고요. 반드시 아주 차갑게 해서 마시라고 해주세요'라고 했단다.

나는 파도를 닮았나. 감히 그 자격이 있나.

아, 나는 그 의미가 진진하게 닥쳐와서 누구와 나눠 마시지 않고 정말이지 나 혼자 숨어서 마셨다.

시간은 저녁. 불도 켜지 않은 쓰러져가는 시골집. 어둑어둑해져오는 집 앞 느릅나무에 앉은 산새가 기룽기룽 울었다.

와인을 첫 모금 마시는데 아, 비린내 1도 없고, 짠내 1도 없는 파도가 날 덮쳤다. 파리에서 공수해온 바다다.

만찬까지는
아니더라도

인간을 형성하고 만드는 것이 '말'이라면 프랑스어는 도대체 어떤 말이길래 일단 듣기가 좋은 거지? 이 질문에 대한 답을 들으려면 할머니 두 분이 등장한다.

한 분은 파리 살던 시절 어학교의 담임 선생님으로, 할머니뻘이었는데 내가 프랑스 말을 하면 자를 들고 지휘하듯 자꾸 했던 말이 생각난다. "노래처럼, 더 노래처럼." 무엇보다 내 어깨를 툭툭 치던 할머니의 손에 들린 자가 무서웠던 시절이었지만 시간이 지나고 나니 이해가 갔다. 프랑스어는 정말 노래에 가깝다.

또 한 할머니가 등장하는데 지방으로 가는 기차 안이었다.
"할머니, 프랑스 말은 참 듣기가 좋아요. 왜 그렇죠?"
선문답 같은 질문에 선문답 같은 답변을 들었다. 그때 할머니는 버터에 빵을 바르고 있었는지, 빵에다 버터를 바르고 있었는지 모르겠는데 갑자기 "이 버터를 먹어볼래?"라는 질문이 돌아왔다. 할머니는 아주 비싸고 귀한 버터를 파리에 와서 구입해서는 그걸 참지 못하고 기차 안에서 한 조각 떼어내 야무지게 시식을 하고 있던 중이었다.
"아, 버터를 많이 먹는 데 바로 그 비밀이 있었군요."

암, 그렇지 하면서 짓는 표정에는 입안 가득 버터인지 빵인지가
터질 것 같았다.

그런데 정말이지 이 사람들 버터를 정말 많이 정말 정말 많이 먹
는다. 난 기내식으로 빵과 버터가 나오면 버터는 무조건 챙긴다.
여행중에 필요할 것 같아서다. 거지처럼 여행하다보니 지금도 몸
에 뱄다. 하지만 거의 먹지는 않는다. 달걀프라이를 간절히 먹고
싶을 때나 사용할 뿐.

식당에 가서 음식을 시킬 때, 오리고기를 먹을까 소고기를 먹을
까 싶을 때. 시간이 되어 음식이 나오면 내가 시킨 것은 뭐였지 싶
게 뭔가 흥건한 것으로 가려져 있을 때. 프랑스 음식은 한마디로
소스다. 무슨 음식이든 걸쭉한 소스를 끼얹어 먹는다는 이야기다.
구운 닭요리나, 끓인 돼지고기요리만 달랑 접시에 담아 내놓는다
면 프랑스 음식이 아닌 것이다. 저마다 만들기 나름이겠지만 재료
가 없더라도 대충이라도 만든 소스를 내놓고야 만다. 굽고 튀기고
찌고 다듬고 한 음식에 올려 먹는 소스는 식당마다, 조리사마다
또 지역이나 집마다 조금씩 다른 개성을 보인다.

아마 종류만 해도 천 가지나 될 것 같은 프랑스 소스의 가장 기본
이 되는 것은 루roux다. 밀가루와 버터를 섞어 끓인 상태를 루라고
부르고 그다음 추가할 재료들은 무엇이든 충분히 가능하다니 소
스를 만들어볼까. 먹을 수 있는 부재료 모두가 어울린다는 가정하
에 순차적으로 때려넣어도 무방할 것이다. 물론 그렇게까지 하면
안 된다고 수위를 짐작하면서도 나는 그렇게 소스를 만들 것이다.
그날 저녁은 나 혼자만의 만찬이므로.

프랑스에는 '어머니 소스'라 불리는 명불허전의 5대 소스가 있는데 흥미롭다.

베샤멜 소스béchamel(루에다 우유를 더한 소스), 벨루테 소스velouté(고기 또는 생선과 양파로 낸 육수에 루를 첨가한 소스), 홀랜다이즈 소스hollandaise(레몬을 기본으로 한 고전적인 프랑스 버터소스), 토마토 소스sauce tomate(토마토를 끓여 만든 소스로, 진한 소스를 원할 경우 전분을 가미), 에스파뇰 소스espagnole(토마토와 베이컨을 베이스로 만든 갈색 육수에 루를 가미한 소스)가 5대 소스에 속한다. 그렇다면 내일은 토마토 소스를 뭉근히 한 솥 끓이는 실험을 해야 하나. 토마토만큼은 언제나 싼 편이니.

봐라. 그렇다. 버터가 빠지면 프랑스 음식 이야기를 할 수가 없지 않은가. 프랑스 음식에 버터가 빠진다면 프랑스 음식이 아니라는 말이 있을 정도다. 우리 음식에 마늘이 빠지면 맥을 못 추는 것처럼.

버터는 좋아하지만 나로선 안 먹는 식재료 가운데 하나가 아닐까 싶은데 과다한 열량과 느끼함 때문에 버터 특유의 부드러움과 풍미를 포기하는 편이라고나 할까.

"버터를 그렇게 먹는데 파리사람들은 날씬하네?"

내가 묻자 세바스티앙이 또 한 방 날린다.

"집집마다 엘리베이터가 없어서 계단으로 오르락내리락하니까."

파리는 오래된 아파트의 숲이라고 해도 과언이 아닐 정도로 겉으로 멀쩡할 뿐 낡은 아파트가 거의 대부분인데 엘리베이터 공사를 할 경우 아파트가 무너져버려서 공사를 못 할 정도다. 건물 거의가 문화재급이며 높아봤자 7층이거나 다락방에 사는 경우 8층까지 계단을 이용한다.

계단과 다이어트는 떼려야 뗄 수 없는 사이라서 하는 말인데, 파리에는 실제로 웬만한 거리는 걸어다니는 파리사람들이 엄청나다. 언젠가부터 그랬다는 듯이. 파리 끝에서 끝까지 한 시간 반이면 걷기에 넉넉한 거리일 정도로 파리는 세계 큰 도시 중에서도 제일로 작다. '슈퍼 미니' 시티.

공용 자전거가 확대되어 자전거 타는 사람도 늘어나고 있다. 게다가 요즘 파리는 미친 듯이 식물을 심어대고 있다. 차가 주차해 서 있을 자리가 있다면 목숨 걸고 그곳에 화단을 만들어 식물을 심겠다는 시의 의지가 대단하다.

도시의 형태를 갖추기 전 파리는 온통 포도밭이었다. 그때 포도밭의 영혼을 끌어오겠다는 듯이 파리는 겨울 빼고 온통 꽃들과 푸르름이 넘쳐나고 있는 것이다. 2050년까지 차 없는 파리를 만들겠다는 발표도 있었다. 그때 아마 이런 슬로건을 내세운 건 아닐까.

초록으로 차를 밀어내고 걷자, 또 걷자.

초록들로 버터를 녹여내고 걷고 또 걷자.

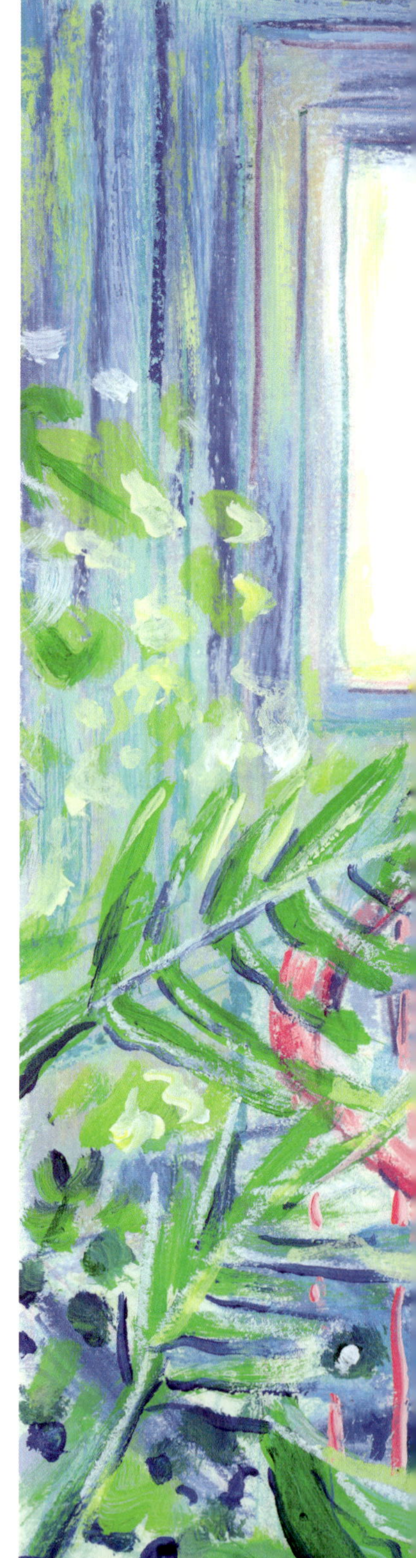

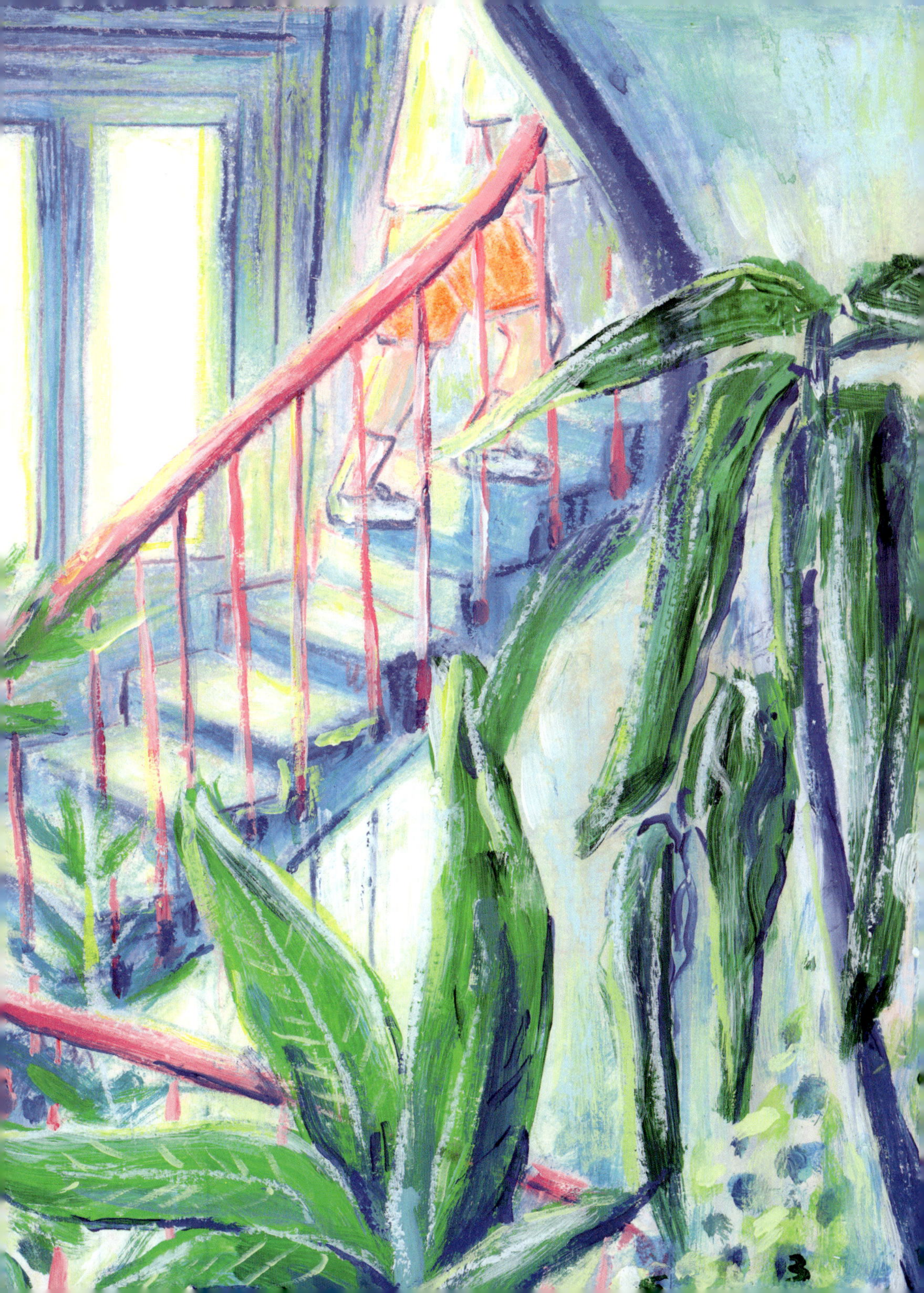

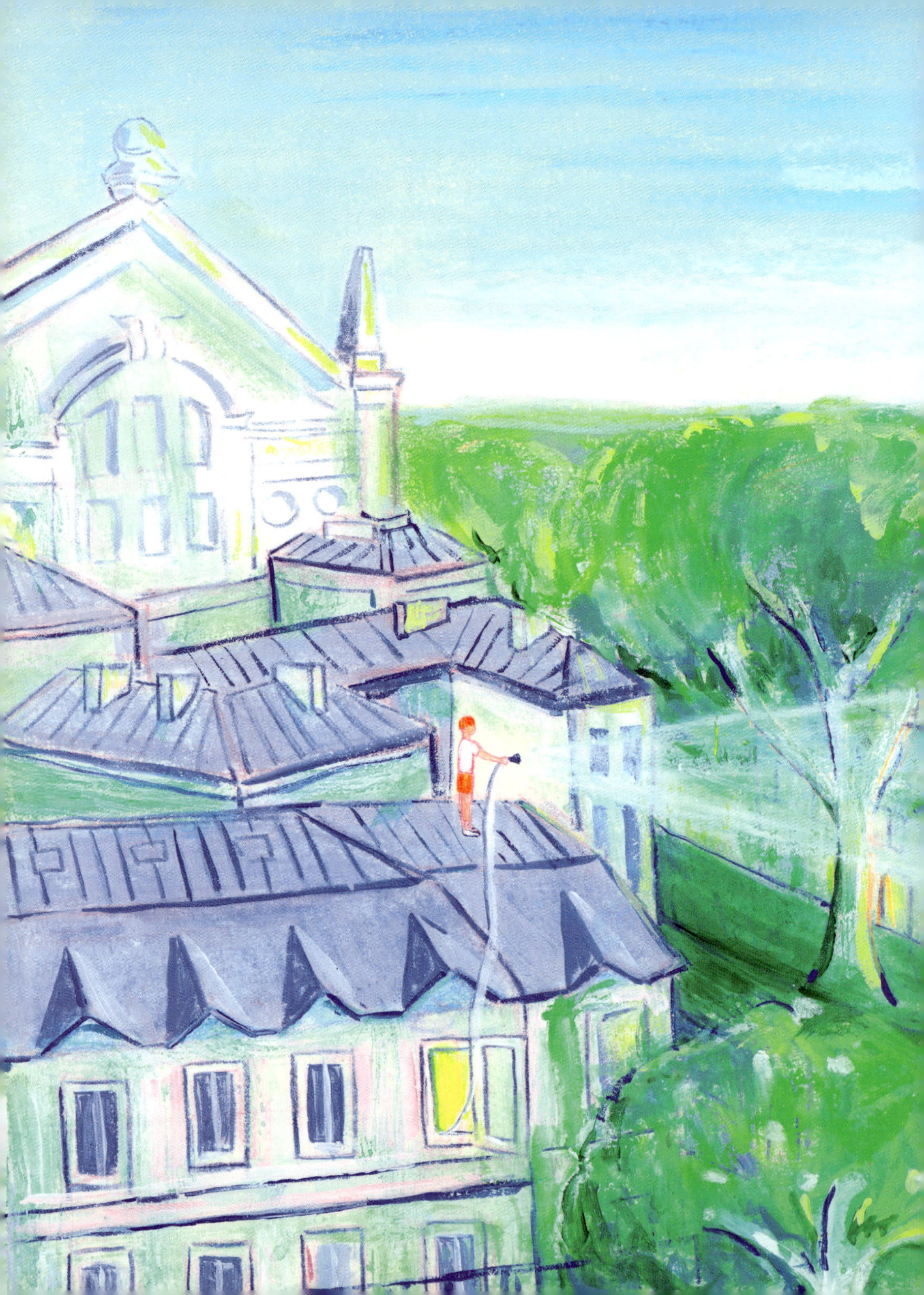

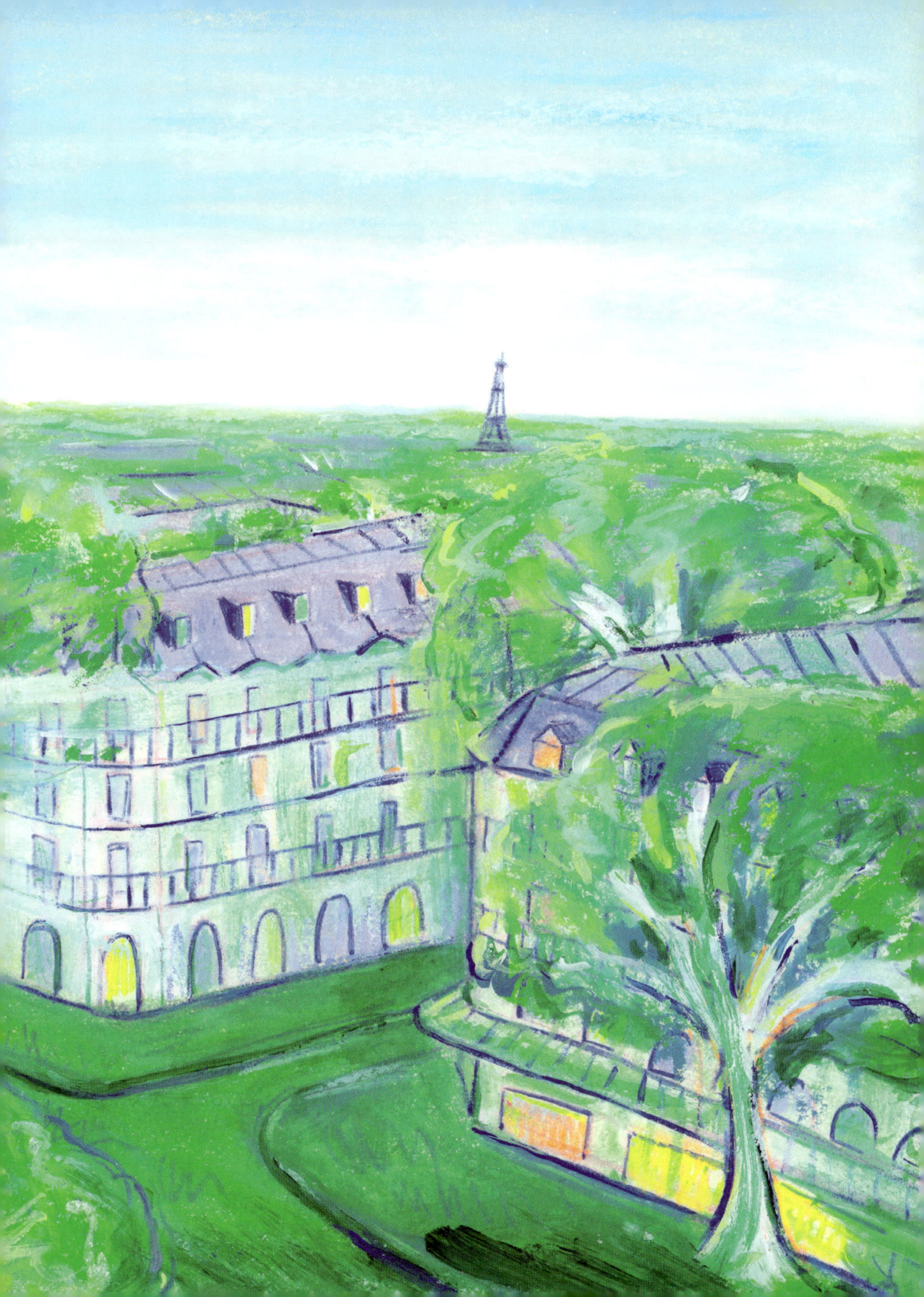

기다리니
좋았다

벨소리가 들리고 나는 문 앞으로 다가가 현관문을 연다. 문을 열자 맞은편 문이 쿵 하고 닫히는 게 보인다. 우편상자를 내 방 앞으로 밀어넣은 사람이 남자인지 여자인지 그땐 몰랐다. 외출하고 돌아오던 길에 우편상자가 문 앞에 놓인 걸 보고 방 호수를 확인한 뒤 내 집 문 앞으로 밀어놓고는 벨을 누른 것.

우편물을 전해받으면서는 인사를 나누지 못했지만 집에 전기가 나갔을 때는 인사를 나눴다. 사실 그때 나는 우리집만 전기가 나간 것인 줄 모르고 동네 일대가 잠시 정전이 된 거라 생각했다. 한참 어둠을 참고 있는데 어둑어둑해지고서야 창문 바깥을 주시하고는 우리집만 정전이 된 것인가 싶어 그 집에 노크를 했다. 정전이 된 게 맞냐고 대뜸 물으니 그가 우리집으로 와서는 누전차단기가 있는 곳을 찾아 해결해주었다. 그렇게 높은 곳에 숨겨놓은 벽장 같은 것이 누전차단기였다니.

그 집에서는 하루종일 새소리가 났다. 한밤중이나 아침에도 새소리가 굉장히 아름다웠다. 어디서 들리는 소리인지 몰라 창문을 열고 밖을 내다봤지만 근원지는 좁은 복도 너머 앞집에서 나는 소리였다. 저 집 건너편 방향으로 정원이 나 있나? 파리에 녹지가 많아지면서 낯선 새소리가 많이 들렸다.

그리고 그를 집 앞 슈퍼마켓에서 마주친 것이다. 그에게 인사를 건넬 타이밍을 놓치고 있는데 그가 먼저 '나에게 할말이 있는 건가요?'라는 얼굴로 나를 바라본다.

"이웃이에요. 엊그제 전기 문제로 나를 도와줬지요."

그들은 동양인의 얼굴을 잘 기억하지 못한다고 늘 말한다. 핑계는 아닌 것 같고 사실인 것 같기는 하다. 아, 기억한다 싶었는지 낯빛이 바뀐다.

"이사를 온 것 같지는 않던데…… 이사온 거예요?"

잠시 파리에 들른 떠돌이라는 걸 아는 것 같다.

"맞습니다. 여행."

그의 다음 말을 듣고 나는 조금 편해진다.

"나한테 할말 있어요?"

할말이 있는 게 아니라 그냥 반가운 마음에 인사를 잘하고 싶었을 뿐이다. 아, 그렇다면 할말을 만들어서 건네볼까? 사실 나는 단 한 가지 이 사람에 관해 궁금한 것이 있었다. 바로 책.

우리는 유제품코너 앞에 선 채로, 물으면 이상하게 보일 테니 묻지 않아도 되겠지만 (그도 조금 특이해 보이는 것처럼 나 역시 그에게는 특이해 보일 것이 분명했으므로 쉽게) 나는 물었다.

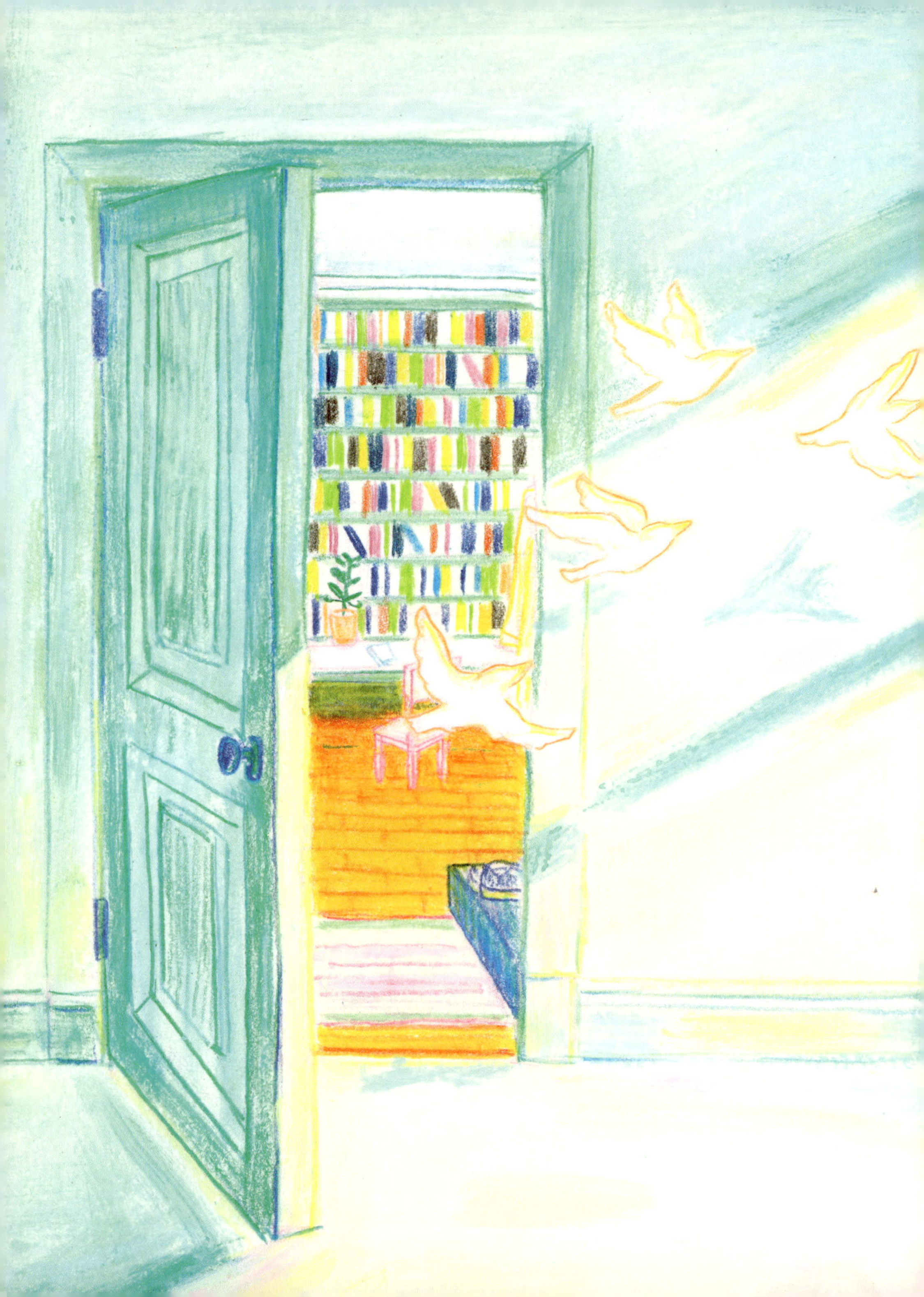

"집에 엄청 책이 많던데요……?"

전기 문제로 그의 집에 노크했을 때 반쯤 문이 열린 틈으로 테이블 가득 쌓인 책을 봤는데 나는 그게 궁금했다. 혹시 그도 나처럼 글쟁이는 아닌가 싶었다. 그 사람한테는 분명 묘한 기운이 있었으니까. 가끔 길에서도 시인은 만나진다. 더욱이 파리 아닌가.

책들은 공원에 가서 절반씩 읽고 온다고 그가 말했다. 아, 파리의 공원에서 책 읽는 사람이 그렇게 많은 것은 바로 너 같은 사람이 책 들고 출근해서였구나. 휴가 갈 때 책들을 엄청 싸가는 민족 1위가 프랑스인이 아닐까 싶었는데 너도 그런 사람.

그가 나에게 말했다.

"책 필요하면 말해요. 안 그래도 필요한 사람 있으면 나눠주려 하고 있어요."

아, 너였구나. 1층 공동현관 앞 박스에 책을 담아 내놓으면 지나가는 사람들이 들춰보고 가져가곤 하던데…… 안 그래도 어려운 프랑스어는 못 읽지만 소설은 좀 읽으려 한다. 책이랑 엮으면 이 사람과 친해지겠다 싶지만 굳이 고리를 걸지 않기로 한다. 난 이웃이라기보다 잠시 아파트를 빌렸을 뿐이고 곧 떠나야 하는 몸이니까. 그는 수다스럽게 계속 말을 한다. 그게 혼잣말인지 나에게 하는 말인지 구분이 안 간다. 내가 유제품을 고르는 척할 뿐 별 반응을 보이지 않자 그가 인사한다.

"곧 또 봐요À bientôt*."

곧이요? 또요?

아비엥토À bientôt라는 인사말은 다시 보자는 의미로 친구나 이웃에게 잘 쓰이지만, 가까이 지낼 만한 대상이라고 여긴다는 식의 친근함이 섞인 상냥한 인사말이기도 하다.

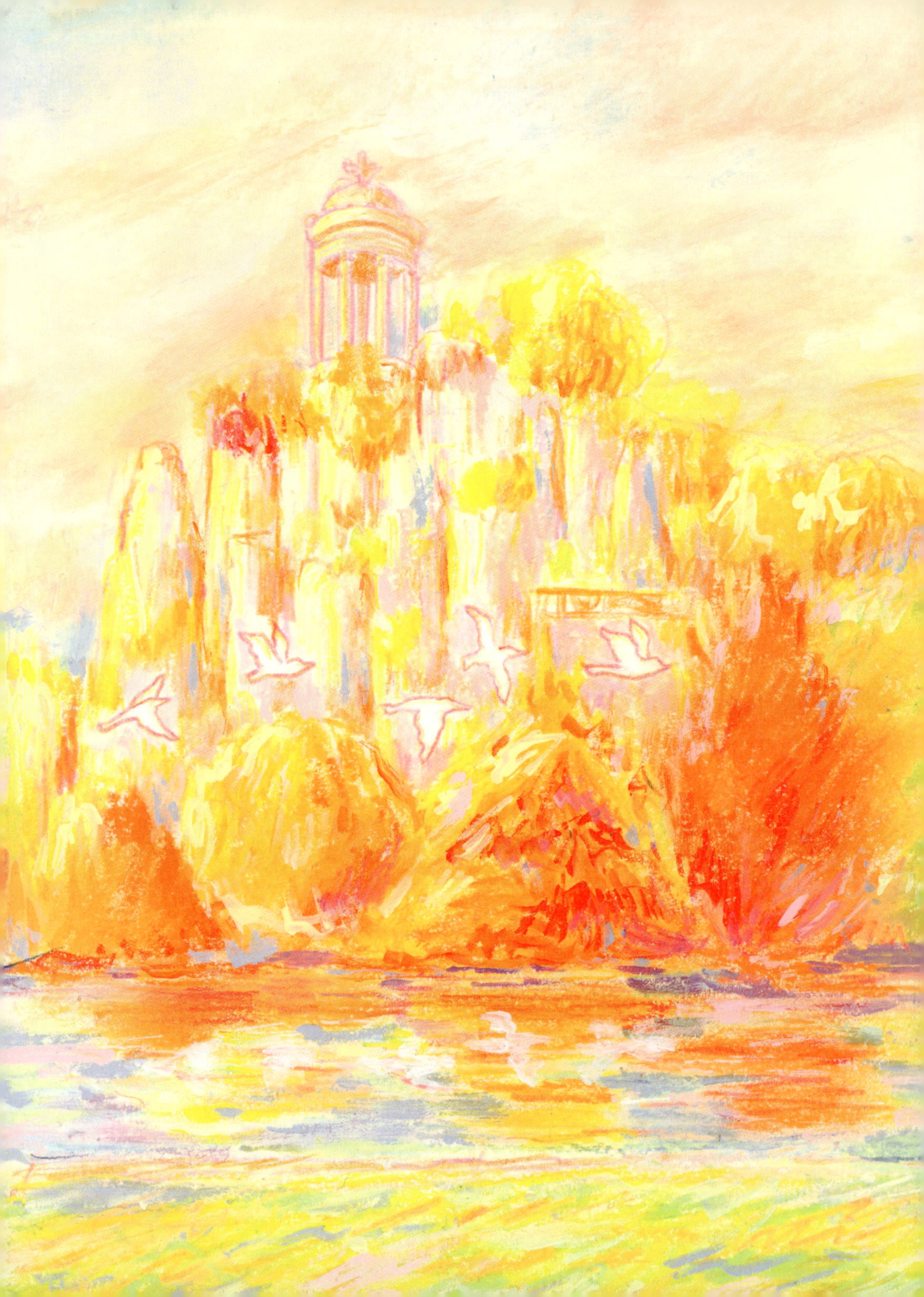

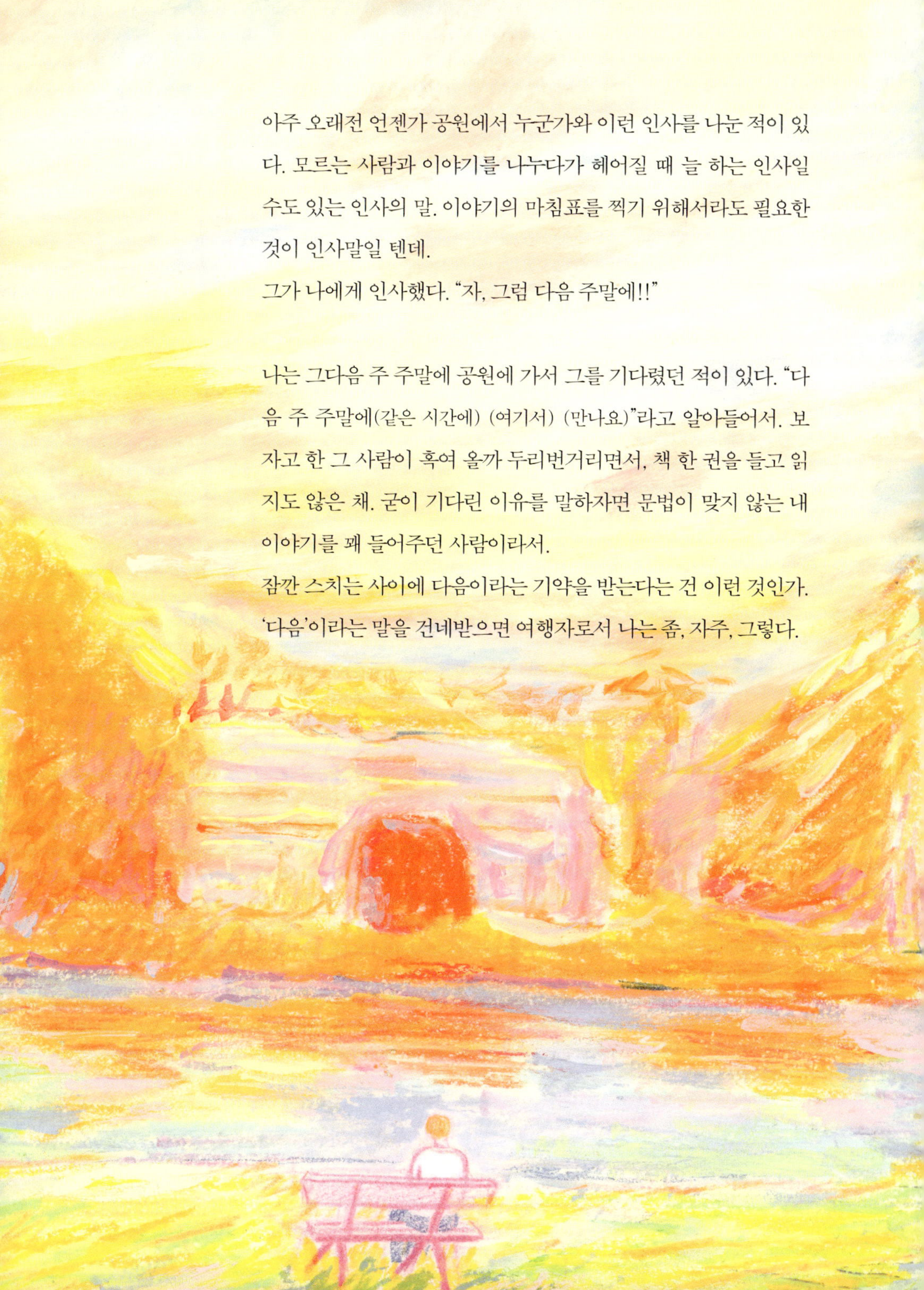

아주 오래전 언젠가 공원에서 누군가와 이런 인사를 나눈 적이 있
다. 모르는 사람과 이야기를 나누다가 헤어질 때 늘 하는 인사일
수도 있는 인사의 말. 이야기의 마침표를 찍기 위해서라도 필요한
것이 인사말일 텐데.
그가 나에게 인사했다. "자, 그럼 다음 주말에!!"

나는 그다음 주 주말에 공원에 가서 그를 기다렸던 적이 있다. "다
음 주 주말에(같은 시간에) (여기서) (만나요)"라고 알아들어서. 보
자고 한 그 사람이 혹여 올까 두리번거리면서, 책 한 권을 들고 읽
지도 않은 채. 굳이 기다린 이유를 말하자면 문법이 맞지 않는 내
이야기를 꽤 들어주던 사람이라서.
잠깐 스치는 사이에 다음이라는 기약을 받는다는 건 이런 것인가.
'다음'이라는 말을 건네받으면 여행자로서 나는 좀, 자주, 그렇다.

골목 아닌데
더 골목 같은

건축과 학생들을 만나는 대학의 자리였다. 내가 준비한 시간이 끝나고 질문 시간에 한 학생이 물었다. 건축과 학생답게 혹시 좋아하는 건축양식이 있냐고. 그때 바로 떠오른 것이 파리의 '파사주passage'였다. 파사주를 설명하면서 나도 모르게 신이 났던 기억.

파사주는 건물과 건물 사이의 좁고 긴 골목 틈에 천장을 만들어 실내인 듯 아닌 듯한 독특한 공간 분위기를 풍기는 곳이다. 엄격한 기준으로는 실외라고 구분하는 것 같다.
보통 천장은 불투명한 유리 따위로 덮여 있으나 개폐할 수 없다. 곳에 따라 신고전주의, 아르누보, 아르데코 등의 양식으로 꾸며져 있으며 파리에만 스물한 개의 파사주가 있다. 만들어진 역사가 대략 이백 년이 된다.
슈아죌파사주Passage Choiseul, 그랑세르파사주Passage du Grand Cerf 등도 대표적인 파사주다. 들어서기만 해도 아늑한 분위기를 주는 파사주를 보통은 지나치기 쉬운데 한번 들어가면 '다른 우주에 들어온 느낌을 받는다'고 누군가는 말한다. 부르주아, 사치, 쇼핑이라는 세 가지 키워드로 만들어졌다는 이백 년 전의 공간이지만 이제는 바뀌었고 그만큼 낡아 있다. 사치와 낡음, 이 단어들을 나는 우아함으로 바꿔 읽는다.

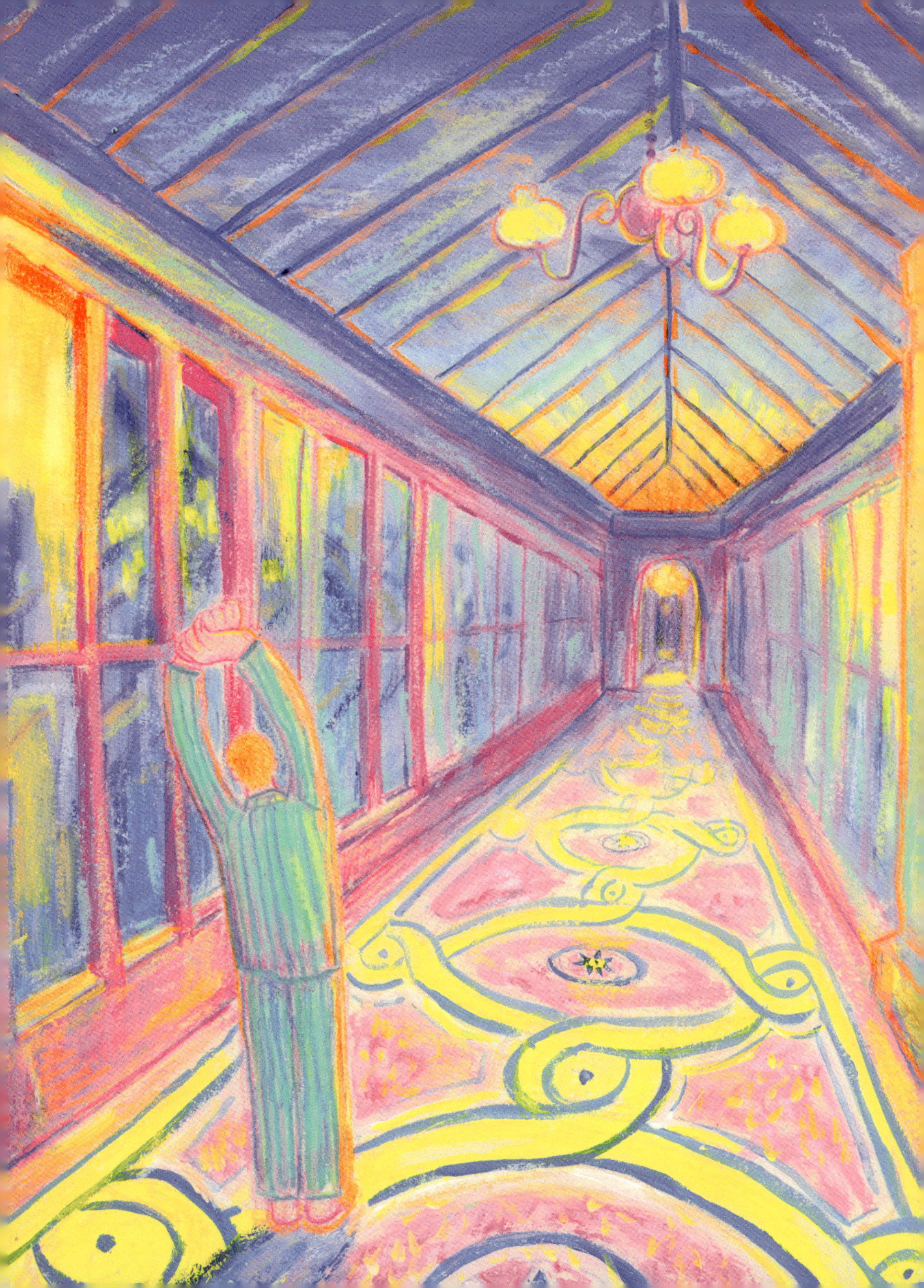

내가 처음 파사주에 빠진 건 갤러리비비엔Galerie Vivienne이었다. 우아함의 극치인 곳이라 그저 겉돌고 훔쳐보길 수차례. 뭐 이런 곳이 다 있지 싶어 매일 들락날락거렸다. 그 들락날락이, 결국 파리를 흠모하는 마음을 온전한 형태로 굳어지게 만들었다. 그러다 그곳에서 만난 풍요로운 고요에 마음을 빼앗긴 적. 문을 열어놓은 것 같지만 주인이 있는지조차 확인이 어려운 가게에 들어서면서 백년 동안 손님이 없어 내가 최초의 손님인 건가 싶었던 적.

그다음 베르도파사주Passage Verdeau에 깊이 빠지고 만다. 이 파사주는 주프루아파사주Passage Jouffroy로 이어지고 큰길을 건너 파노라마파사주Passage des Panoramas로 연결되는데 앞쪽 두 곳은 상점으로 구성되어 있다면 마지막 이곳은 세계 각국의 식당들이 모여 길게 늘어서 있다.

파사주의 오래된 냄새를 좋아한다.

작은 가게들에선 오래된 책과 오래된 우표와 엽서도 판다.

그리고 타일 바닥을 좋아한다. 진열해놓은 지도와 판화 앞에서 나는 미친다.

문을 연 지 백년은 족히 되었을 것 같은 가게에 그림 몇 점 내놓고 무심히 앉아 있는 노인을 좋아한다.

어디서 들어왔는지 빤하지만 아무튼 기다란 기차와도 같은 골목에 들어온 비둘기가 빠져나갈 줄 모르고 높은 곳에 자리잡은 모습을 좋아한다.

그곳에 들어오는 빛 한줄기라거나 새어들어온 비가 고여 타일 바닥에 길게 둥근 자국 내는 걸 좋아한다.

철문을 닫아 잠그는 밤에는 그 육중한 문 안으로 느껴지는 고요를 좋아한다. 어느 새벽에, 그때는 술 마시고 집으로 향하는 길이었는데 그 철문을 붙들고 흔들었던 기억. 괜히. 취해서.

파사주 안을 걷노라면 공간 내부는 차라리 카메라 속 같다. 카메라 안으로 몸을 접고 접어 비집고 들어가 카메라가 향하는 곳을 따르는 몸이 된 것만 같다. 모든 빛들과 고요와 하물며 소음들의 정체들을 따르다보면 충분히 그렇다.

나는 파사주 안에 있고 바깥에는 비가 내리고, 그런 순간들을 좋아한다. 비를 피할 수 있어서라기보다 안에서 바깥 습도를 궁금해할 수 있어서. 베르도파사주 안에, 사람들 다니는 길에 의자를 끌어다 내놓은 식당 겸 바, 르 비스트로Le Bistro에 앉은 두 사람의 자유가 넘치다못해 흘러내리는 듯한 대화. 그들 가운데 놓여 있는 음식과 맥주잔들, 그런 것들의 안정감. 실제로는 구체적이겠지만 나로선 알 수 없는 둘만의 밀도. 나도 그 두 사람 옆자리에 풀썩 끼어 앉고 싶었던 적이 몇 번이었는지.

여긴 백년 전에도 이랬을 거야.
백년 전에 들어온 공기가 여전히 빠져나가고 있지 않은 게 느껴져.
내가 만약 파리에 다시 살게 된다면 그땐 파사주 안에서 살고 싶어.

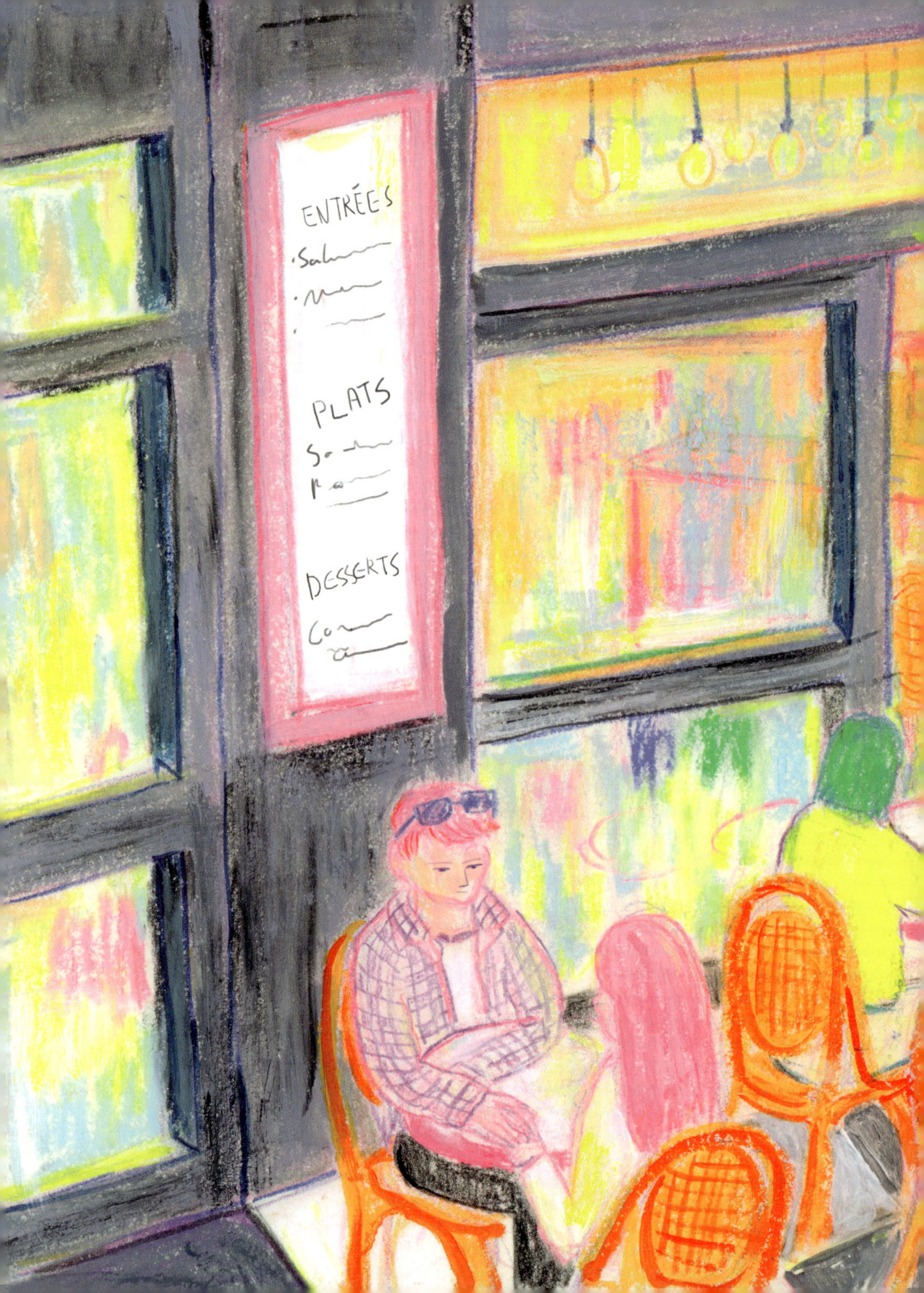

ENTRÉES
PLATS
DESSERTS

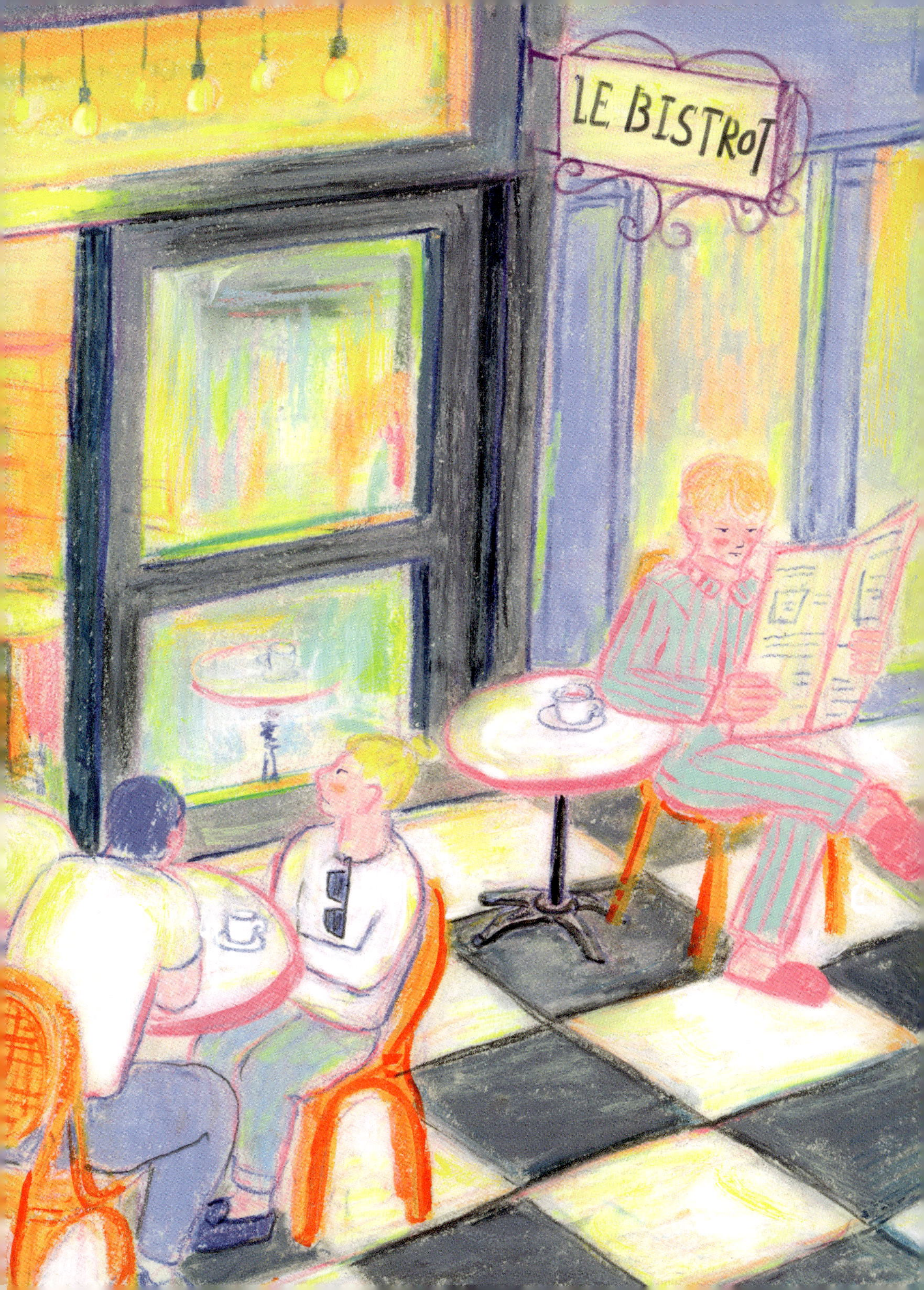
LE BISTROT

여름날의
레몬그라스

파리는 길목을 가로막은 채 벼룩시장이 열리기도 하며 식료품 장이 서기도 한다. 몇 군데 상설장이 정해져 있지만 무작정 걷다가 만나는 장 앞에서는 신이 난다. 오, 이런 행운이. 나에겐 파리에서의 복권이 바로 우연히 만나는 벼룩시장이다. 무엇을 살 수도 있지만 무엇을 살 수 없는 여행자 신분이므로 상황 자체도 좋다. 사람들이 뭘 사려고 하는지 옆에 서 있다보면 내가 사지 않아도 산 것 같은 기분이 된다.

주택가를 걷다가 잔뜩 물건을 내놓은 집 앞에 섰다. 골동품 파는 가게인가 싶어 둘러보니 작은 마당에 내놓은 물건들이 남다르다. 비드 그르녜vide-grenier라고 크게 써놓은 종잇장을 발견한다. '다락방을 비우다'란 의미로 집에서 사용하지 않는 물건들을 내놓고 파는 날이다. 그릇, 식탁보, 침구, 책, 아이들 장난감까지 나와 있다. 몇 명의 식구들이 나와 응대하고 있었는데 가격을 물으니 대부분 가격을 몰라 어머니에게 물으러 간다. 그러면 어머니는 어떤 물건을 말하는 거냐며 잰걸음으로 다가온다. 오고 가는 손님들 먹으라고 한쪽에 음료대와 치즈나 페이스트를 올린 바게트 따위들을 차려놓은 걸 보면 가족들은 이날을 즐기고 있다.
꽤 많은 살림살이들. 이 가족이 사용했다는 사실만으로 하나쯤 갖고 싶다는 충동이 생겼다. 와인 잔 두 개를 샀다. 네 개의 잔이 세

트여서 두 개만은 팔지 않는다는데 나는 여행자이므로 두 개만 갖고 싶다고 말했다. 그래도 안 된다고 해서 나는 네 개의 값 모두를 치르되 두 개만 가져갈 거라고 했다. 그제야 두 개만 팔았다. 물론 네 개 값을 치르고 모두를 살 내가 아니었는데, 상인의 기술을 발휘해봤다. 구석에 가서 빵조각 하나를 집어먹는다. 레몬그라스 향이, 행복한 맛이 난다. 식구들 모두 온화한 기운을 뿜어내고 있어서겠다. 무슨 일이 있어 저 좋은 물건들을 모두 정리하는지는 알 수 없어도 이 정도면 축제다, 축제.

나는 옷을 살 때도 중고가게에서 구입하는 일이 많다. 여행 복장은 거의 그렇다. 누가 입던 옷인지 몰라 낡은 옷을 사 입는 것 자체가 찜찜하다면, 내가 입은 옷을 누가 입었을 때 찜찜해할 수도 있을 거라는 그 기분을 떠올려본다.
사람마다 저마다의 냄새가 있는 법이고 굳이 그 냄새를 존중할 필요야 없겠지만 가끔 중고 옷을 입으면서 누군가의 냄새를 맡거나 느끼면서 살아가는 것…… '그것도 사람의 일이야'라고 생각하고 그 마음을 아끼게 되었다. 옷 하나를 재사용해서 입는다면 그만큼 공장은 수고로이 가동되지 않아도 된다.

벼룩시장에서 내가 자주 사는 것들은 한때 술잔이었다가 한때는 화병이었다. 한때는 누가 누구에게 쓴 엽서였고 누가 누구를 찍어준 흑백시대의 사진들이었다. 지금 벼룩시장에서 걸음을 멈추게 하는 것은 액자나 가구들이다. 주인 없고 광택도 없는 낡은 가구는 슬프다. 빈 액자는 그림도 잃고 벽도 잃어서 슬프다.

저쪽으로
가자

자유, 평등, 박애의 나라다.

자유, 평등은 그나마 알겠는데 박애라는 말은 어려웠다. 프랑스어 단어조차도 잘 외워지지 않았다. 어차피 인류의 사랑의 영역 안에는 자연스레 박애가 포함되어 있으므로 그렇게만 알아들었나.

'프라테르니테fraternité'라는 말은 박애(모든 사람을 평등하게 사랑함)라는 말로도, 범애(차별 없이 널리 사랑함)라는 의미로도 또 휴머니즘의 함의로도 이해되어왔다. 박애라는 말 자체는 평등하게 사랑함을 의미하지만 실제로는 일본에서 한자로 번역되어 우리나라로 흘러들어와 굳어버린 말이다.

하지만 '누가 누구를 박애할 수 있느냐'는 질문을 던지면서 왠지 개념부터 수평적이지 않다는 것이 개인적인 생각이다. 왜냐하면 당신이 만약 거지라면 누구를 박애할 수 있겠느냐 하는 질문이 그 생각으로 연결된다.

박애라고 알고 있는 프라테르니테는 실제로 영어권에서도 '우애'로 번역된다. 우애라는 말은 국가를 상징하는 의미의 단어로 내세우기엔 간단치 않은 설명이 필요하고 여러 층위의 해석을 곁들여야 하는 말인 듯 프랑스사람들 역시 오래 고민을 내려놓지 않은 모양이다.

친구 세바스티앙이 특별한 대답을 했다.

"박애라는 말, 이젠 시대감각도 없고 힘을 잃었어. 그 단어를 대신하는 말이 생긴 거지."

그들은 대신할 만한 말을 찾고 있었고 그 과정에서 단어 하나를 만났다. 그 말이 바로 '연대solidarité'라는 개념이다.

자유, 평등, 연대.

사전에서 찾으면 연대의 뜻은 이렇다.

　　1. 한 덩어리로 서로 굳게 뭉침.

　　2. 두 사람 이상이 어떤 행위를 이행함에 있어 공동으로 책임을 짐.

어쩌면 이 사람들, 사랑에 있어서도 연대의식으로 사랑하는 것은 아닌가 생각된다. 생물학적 가족이 아닌 논리적인 가족이어야 한다는 철학으로 사랑하기. 일리 있다. 난 찬성일세.

그러니 사랑도 변하면 변하는 대로 가만두기.

거지라는 개념은 이곳에서 '노숙인'으로 전환된다. 프랑스에서 노숙인은 이웃이다. 노숙인이 사회의 도움을 받으려면 단위로 나뉜 어느 한 구역에 속해 있어야 하는데, 지속적인 도움을 받으려면 어떻게든 구역 내에 머물러야 하니 동네사람들과 자주 마주칠수밖에 없고, 그러나 결과적으로 주민들에게 도움을 주기까지 한다. 무슨 도움을 주냐고? 심야 범죄가 생기면 그들이 증언자로 나서게 되고 노숙자 한 사람 한 사람의 조각조각을 이어붙여 귀중한 단서를 얻게 되는 일이 많다. 낮에는 그렇게 자고 밤에는 주무시지 않더니 결국은 인간 CCTV 역할을 하시는 거로군.
노숙자는 한 예에 불과할 뿐 사실 이민자 정책으로 들어가면 연대라는 말은 큰 날개를 단다.

좁게나마 우리나라만 보더라도 '우리가 치렀던 광장에서의 행동'을 돌아보면 연대라는 말이 어떻게 확장되어 자리를 바꾸고 지성으로 뿌리내리는지 가늠된다. 물론 가치 있는 일이라면 누가 먼저랄 것도 없이 계속해서 찾을 것이다. 그것이 단어이든 의미이든 국가 혹은 개인의 이상이든.
언어는 시대의 안경을 통해 진화한다.
어려운 이야기를 하려는 게 아니라 '연대'라는 말이 세상에 있어참 좋고 고맙다는 이야기를 하려는 것이다.

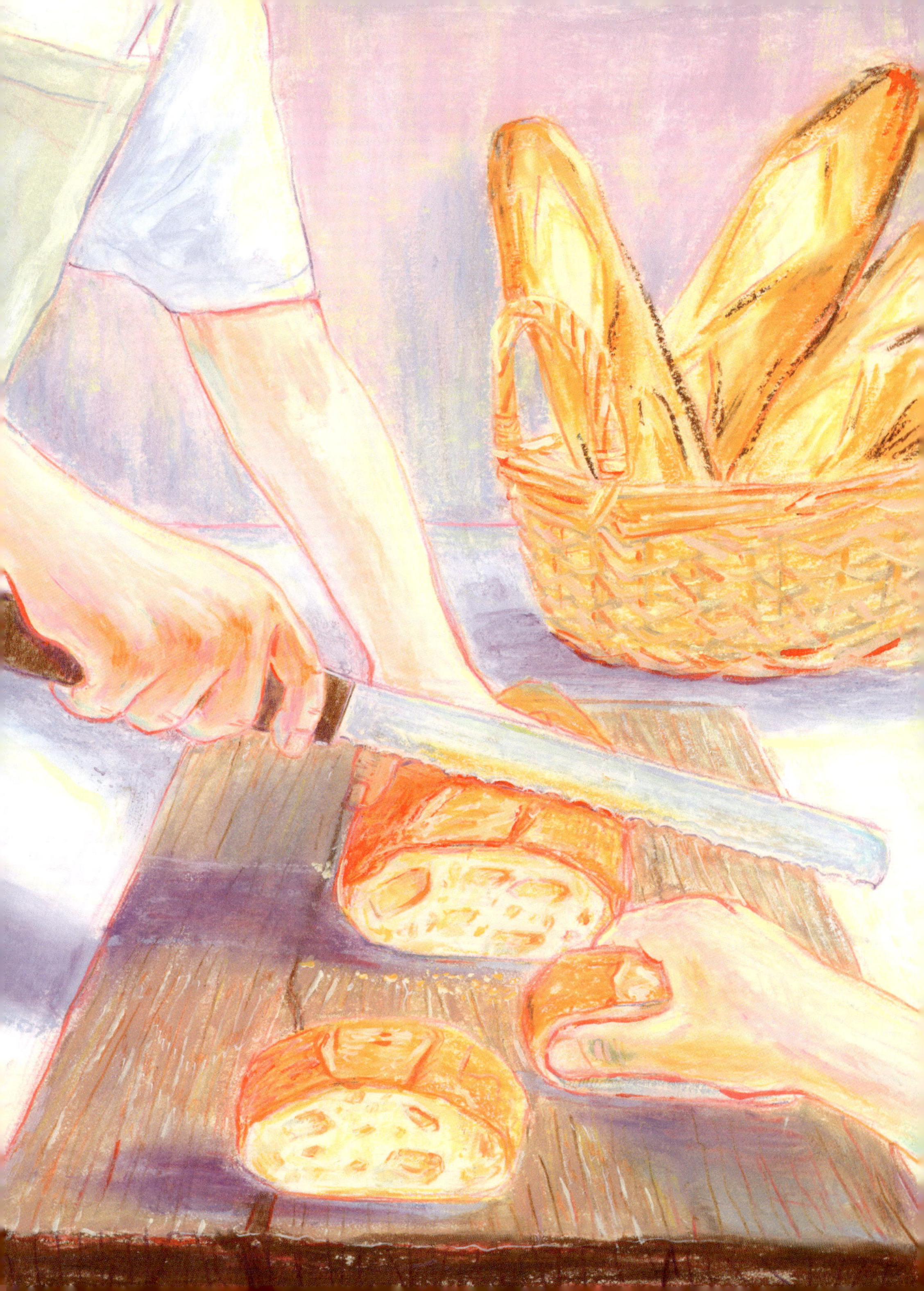

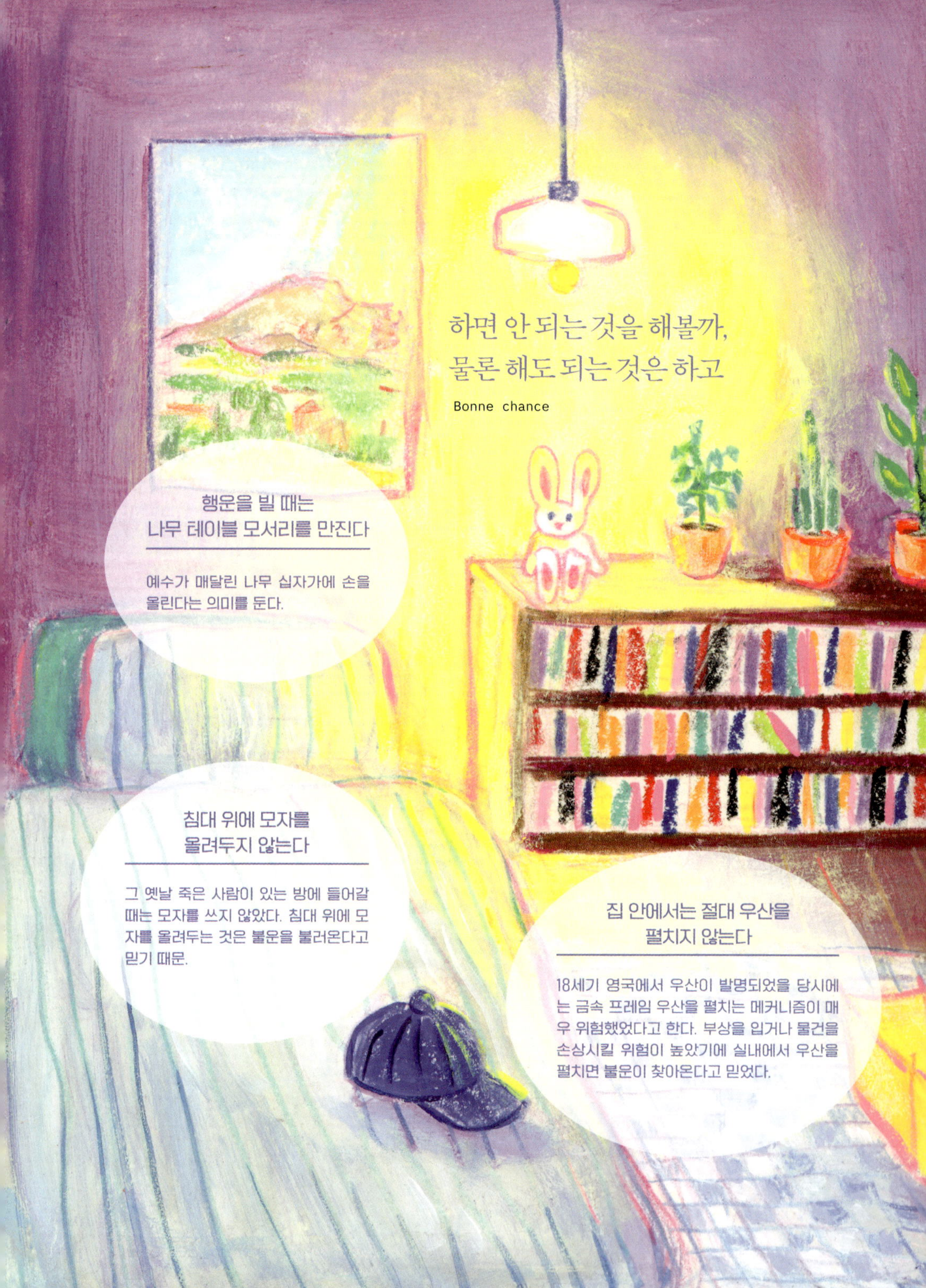

하면 안 되는 것을 해볼까,
물론 해도 되는 것은 하고

Bonne chance

행운을 빌 때는
나무 테이블 모서리를 만진다

예수가 매달린 나무 십자가에 손을
올린다는 의미를 둔다.

침대 위에 모자를
올려두지 않는다

그 옛날 죽은 사람이 있는 방에 들어갈
때는 모자를 쓰지 않았다. 침대 위에 모
자를 올려두는 것은 불운을 불러온다고
믿기 때문.

집 안에서는 절대 우산을
펼치지 않는다

18세기 영국에서 우산이 발명되었을 당시에
는 금속 프레임 우산을 펼치는 메커니즘이 매
우 위험했었다고 한다. 부상을 입거나 물건을
손상시킬 위험이 높았기에 실내에서 우산을
펼치면 불운이 찾아온다고 믿었다.

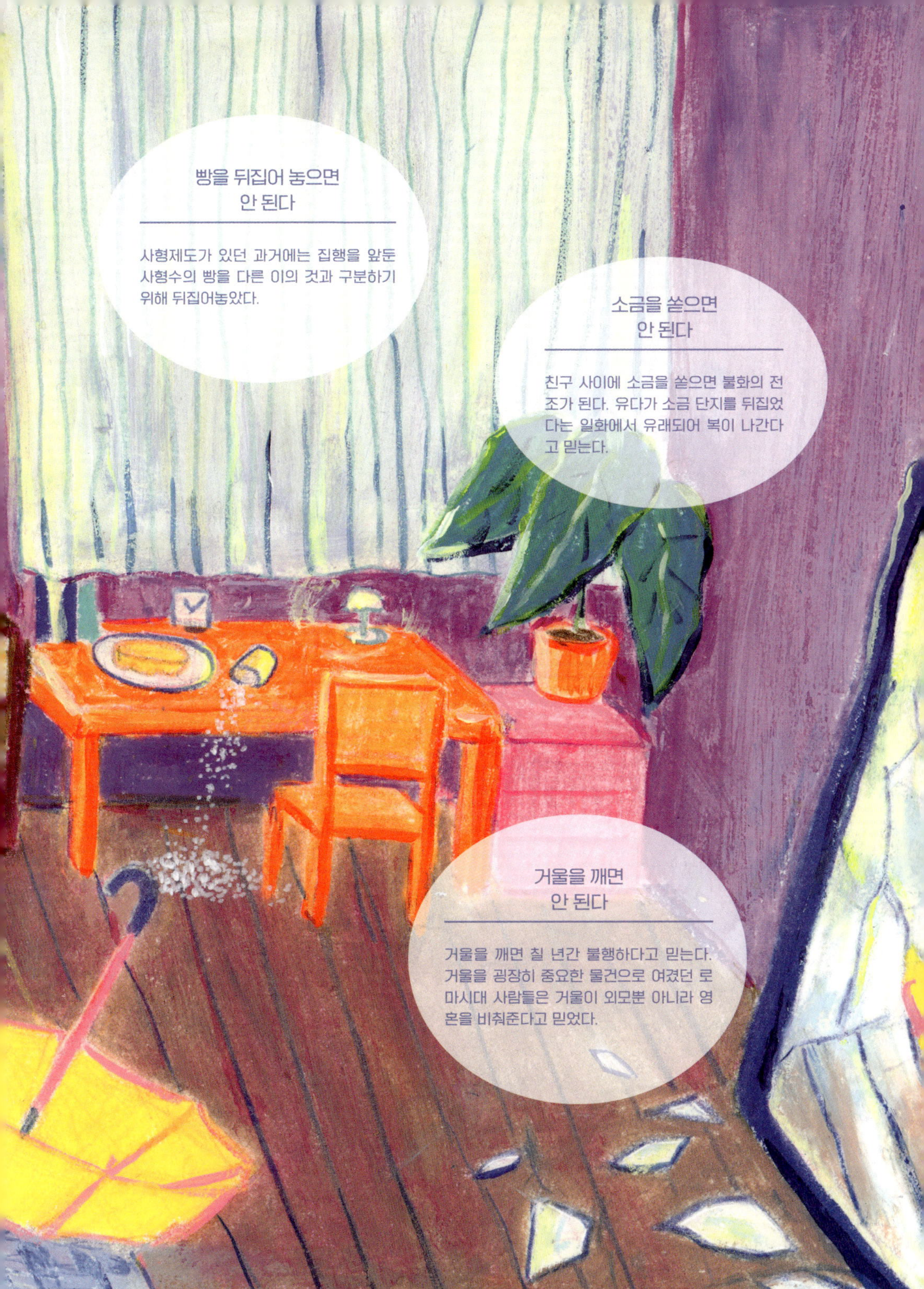

빵을 뒤집어 놓으면
안 된다

사형제도가 있던 과거에는 집행을 앞둔
사형수의 빵을 다른 이의 것과 구분하기
위해 뒤집어놓았다.

소금을 쏟으면
안 된다

친구 사이에 소금을 쏟으면 불화의 전
조가 된다. 유다가 소금 단지를 뒤집었
다는 일화에서 유래되어 복이 나간다
고 믿는다.

거울을 깨면
안 된다

거울을 깨면 칠 년간 불행하다고 믿는다.
거울을 굉장히 중요한 물건으로 여겼던 로
마시대 사람들은 거울이 외모뿐 아니라 영
혼을 비춰준다고 믿었다.

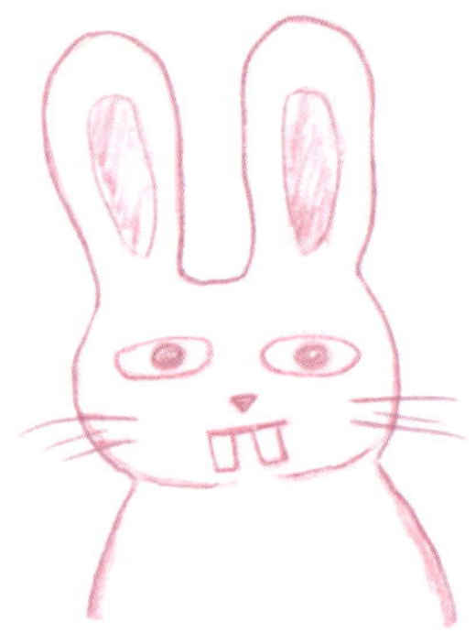

앞니 두 개가 벌어진 경우,
그것이 행운을 불러온다고 믿는다

나폴레옹전쟁에는 막대한 병력이 필요해 많은 병사를 모집했는데 앞니 두 개가 빠지거나 벌어진 사람은 일찍 전역을 했다. 전장에서 무기를 장전하려면 군인은 두 손으로 무거운 소총을 잡고 받들어야 해서 앞니를 이용해 화약 카트리지의 종이 포장지를 잘라야 했기 때문.

사다리를 벽에 걸쳐놓았을 때
(두 다리가 맞물려 있는 사다리를 펴놓았을 때 역시)
그사이로 지나가면 안 된다

삼각형을 깬다는 의미로 성서에서 말하는 삼위일체를 흐트러뜨리는 일로 간주된다.

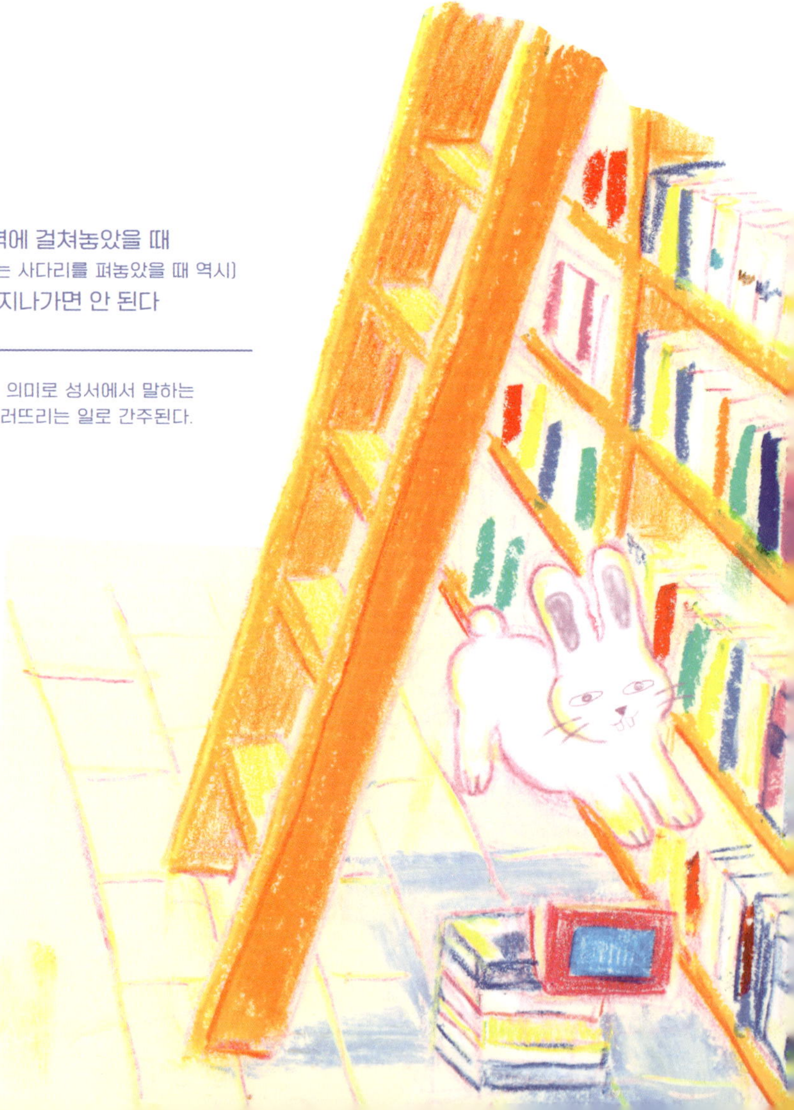

검지와 중지를 꼬아 보여주면서
행운을 빈다

손가락으로 십자가 모양을 보여주며 행운을 건넨
다. 일이 잘 풀리기를 바라는 몸짓이다.

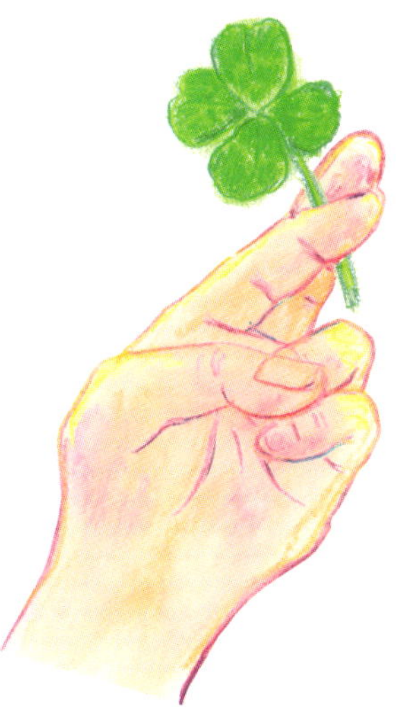

건배할 때는
서로 눈을 마주친다

중세 때는 술에 독약을 넣는 일이 종종 있었으므로
눈으로 신뢰를 보내는 관습이 아직도 남아 있다.

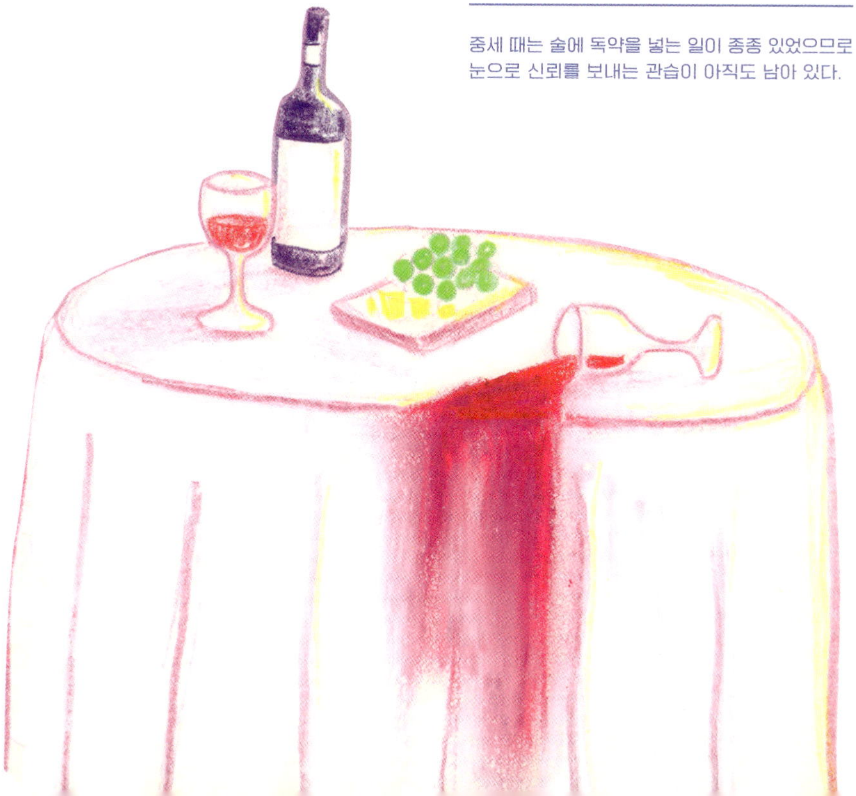

운하 쪽에는 좋은 일이
기다리고 있을 것만 같다

제일 좋아하는 카페 라 마린La Marine. 하루종일 흐릴 것만 같은 날
의 아주 이른 아침, 운하 쪽으로 난 길가에 자리를 잡고는 추운 공
기를 견디고 있었다. 여기 슈퍼마켓이 어디 있을까? 혼잣말인 척
내가 허공에 물었을 때 옆에 막 자리를 잡던 그가 말했다. 저 앞쪽
에 보이지? 미니 슈퍼마켓. 그러고는 그가 미친 듯이 웃었는데 그
건 미니와 슈퍼라는 말을 같이 사용하고 있다는 걸 알아차려서였
다. 운하가 흐르는 방향으로 주욱 내려가면 주말마다 큰 장이 선
다는 말도 해줬다. 그의 이름은 테테라고 했다.

여행 왔냐고 그가 내게 물었고 나는 여행이라기보다는 아마도 글
을 쓰러 온 것 같다고 대답했다.
아주 오래전부터 이 근처에 살았다는 그에게 내가 애정하는 운하
에 대해 물었다. 생마르탱운하를 감싸고 있는 바보 같기도 한 따
뜻함, 어리숙해 보이는 편안함, 이곳에 살면 누구나 아티스트가
될 것만 같은 기운, 그리고 물에 비치는 자유의 신호.
이쯤 분위기를 잡으면 이름부터 남다른 테테가 뭐라도 이야기해
주지 않을까. 아니나 다를까.

테테는 모로코에서 온 이주민의 아이였는데 태어날 때 다리가 잘
못되어 두 발로 걷는 일이 어려웠다. 지금은 보정기도 쓰고 목발
도 이용해서 걷기는 하지만, 어렸을 때는 부모가 운하의 물가에
테테를 앉혀놓으면 꽤 오래 그곳에서 시간을 버티는 일이 많았다
고 했다. 어린아이를 그곳에 앉혀두고 부모는 상점 문을 두드리며
청소도구 같은 걸 팔러 다니는 일을 했었단다.
어린 테테는 물위에 접어 띄운 종이배를 바라보면서 생각했다. 나
를 여기 두지 말고 배에 태워준다면 이렇게 지루하지만은 않을 거
라고.

나는 배 위에 있을 거야. 엄마는 볼일을 보고 와.

희망사항을 내뱉어보지만 말도 안 되는 소리다. 시간에 따라 짐을
잔뜩 실은 운선들이 오고 가는 운하에 개인이 배를 띄우는 것은
금지. 아이는 그래도, 누가 뭐래도 그게 하고 싶었다.

크리스마스였다. 피에로 분장을 한 관악대가 연주하며 테테를 향해 행진해왔
다. 무슨 일인가 싶어 테테가 앉은 채로 그들을 맞이하고 있을 때 누군가가 작은
배 하나를 테테의 뒤쪽 운하에 둥실 띄워놓았다. 그들이 테테를 안아 배에 올렸다.
"너는, 여기 운하에서 최초로 어린이 선장이 된 거란다."
멋진 관악대원들은 악기로 생일 축하곡을 연주하고 아이는 배 위에서 한 번도
그래본 적 없는 최고의 행복을 느꼈다. 영원히 배를 타고 어디론가 멀리 떠나갈
수 있을 것만 같았다. 비록 배는 끈에 묶여 있었지만 배가 이리저리 움직이자 테
테는 다리가 낫고 날개가 돋는 기분이었다.
테테의 아빠는 소방서에 편지를 써서 (그것도 여러 번이나!!) 아들의 소원을 들어
줄 수 있겠냐고 청을 넣었고, 소방대원들은 흔쾌히 관악대가 되어주었다. 마침
내 테테는 엄청난 크리스마스 선물 속으로 빨려들어갔다.

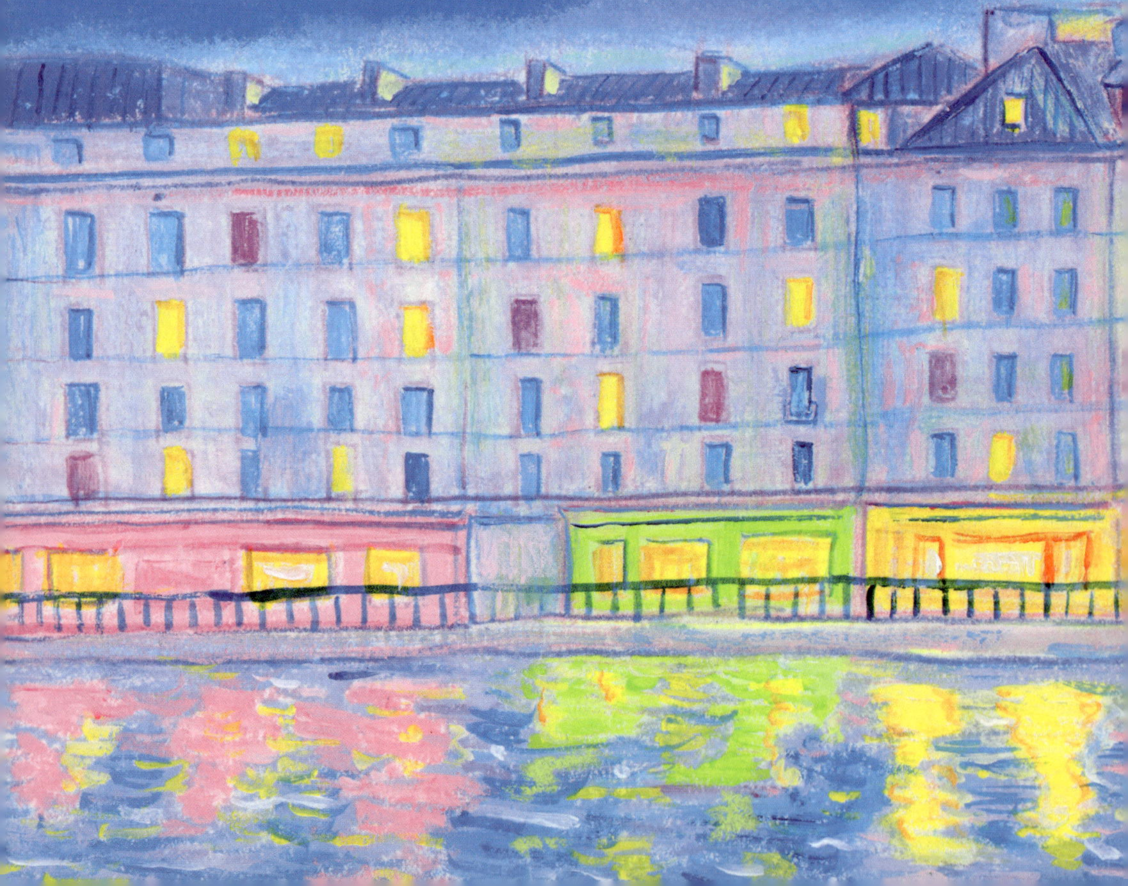

이 운하에 배를 띄우고 그 배를 탄 뒤 돌격나팔이라도 부는 게 꿈이었던 테테는
이곳에서 이토록 오래 살게 될 거라고는 상상하지 못했다고 했다. 몇 번 파리의
다른 지역에서 살 기회도 있었고 마르세유 같은 지방에도 있어봤지만 결국 돌
아오게 되더라는 이야기.

나도 돌아올 거야. 이 정도의 여기라면.

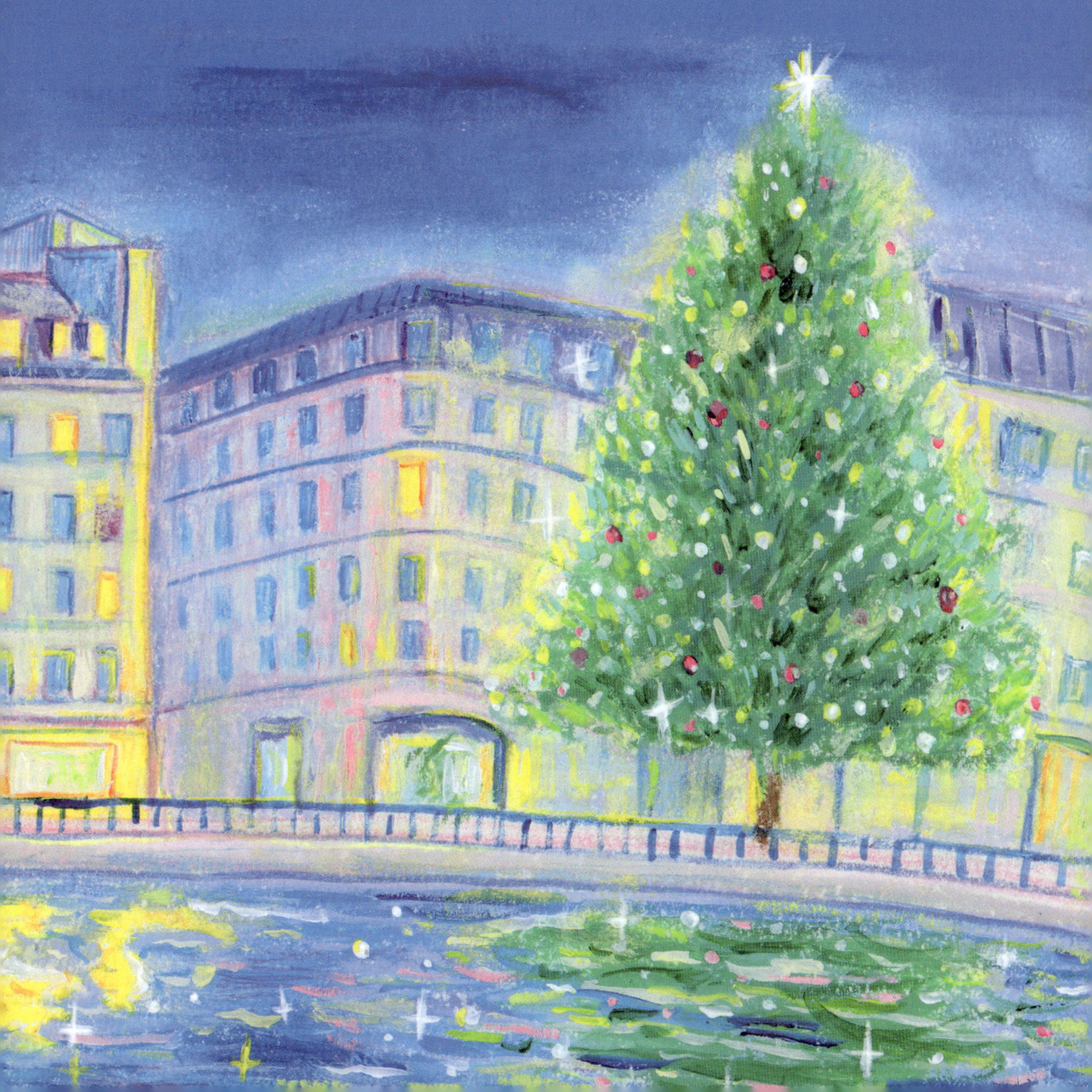

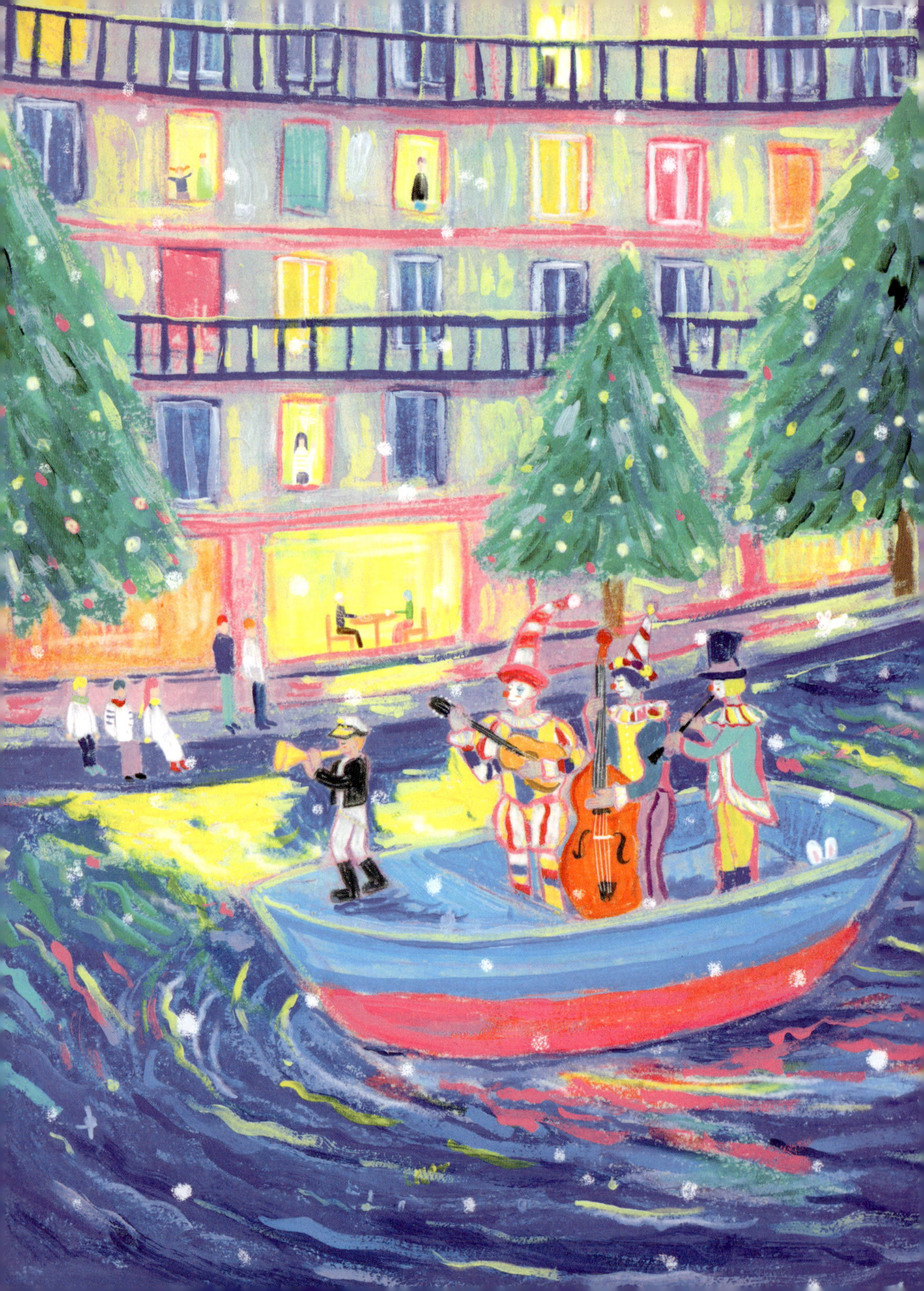

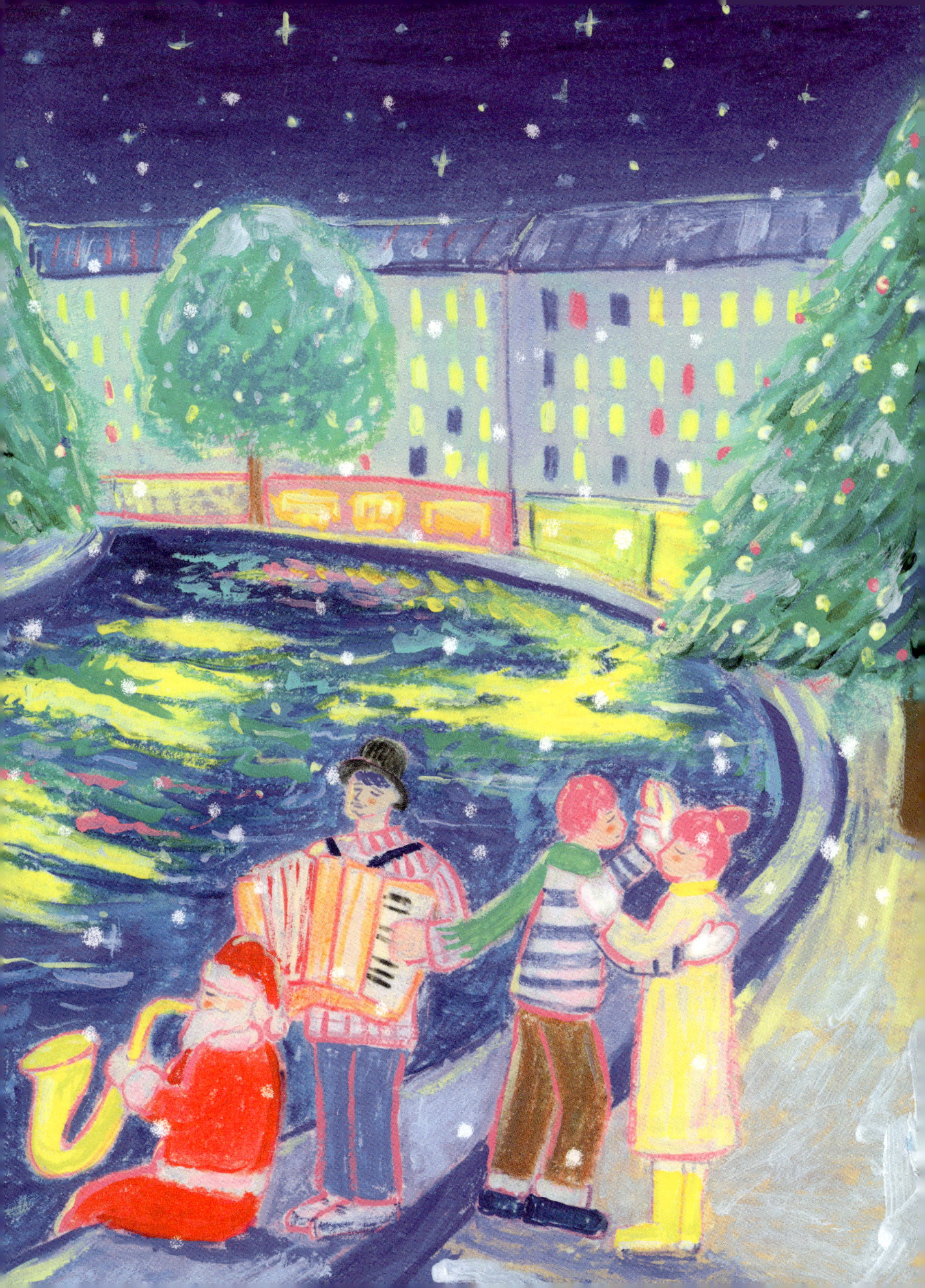

살아 있는 시인들의 사회

옆에서 아이가 소리를 지르고 여행객들이 난리를 쳐도 책장에 꽂은 눈길을 떼지 않는 뤽상부르공원Jardin du Luxembourg의 당신. 한여름 가죽점퍼를 걸치고 한겨울 반바지를 입고 전철에 탄 당신. 비를 흠뻑 맞은 채로 눈물을 주룩주룩 흘리며 걷고 있으면서도 남의 시선 따위는 아랑곳하지 않는 당신. 한푼의 돈이 모이지 않아도 고고하게 악기를 연주하며 오히려 오늘의 화창한 날씨를 고마워하는 거리의 당신.

왜 이렇게 당당하지. 모두가 쓸쓸해 보이는데 왜 뭔가 있어 보이지?
'진짜 마음' 같은 것을 가지고 사는 것일까.
'깨지지 않는 막'이라도 두르고 있는 것일까.

여행하러 오는 전 세계 사람들로 파리는 붐비지만 실제로 파리사람들 역시 여행하듯 살아. 세상물정 모르는 어린아이나 기력 없는 노인들을 제외하곤 확실히 그런 것 같아. 공원의 한자리를 차지하고 늘어질 대로 늘어진 사람들이나, 시장엘 가는 건지 약속엘 나가는 건지 알 수 없지만 그들의 신명 섞인 걸음걸이만 봐도 알 수 있어.
그들의 일상이라는 바게트에는 희망이라도 발라져 있는 걸까.
도대체 파리는 어떤 곳이길래 사람들을 말랑말랑하게 해놓는 거지?

파리사람들에게 평균이라는 말은 가능할까.

평균이라는 눈금은 통할까.

불가피하게 평균을 내야 한다면

그 평균 안에 들고 싶어하지 않으려는 사람들이 훨씬 많겠지.

평균을 거부하며 사는 사람들.

우르르 몰려가지 않는 사람들.

되레 스스로에게 몰려들게 만드는 힘을 아는 사람들이어서 충분히 고수라는 생각. 묘하고 묘하다.

대학에 가려면 우선 철학 공부를 빡세게 해야 해. 네 시간 동안 철학 에세이 시험을 치러야 하거든. 사실과 역사를 바탕으로 한 논리적 글쓰기라니 생각만 해도 땀이 난다. 세계를 읽는 방식을 세우려고 철학이라는 창가에 앉아 있는 것. 자신이 앞으로 알게 될 모두의 사실들을 철학이라는 망에 한번 거를 준비를 하는 것. 그래서 가끔 튀어나오는 그들의 철학적 지식 앞에서 난 그저 고양이 앞에 쥐가 된 기분이었던 적(그땐 공부하지 않은 내가 좀 창피하고 분하기도 했어).

흔히들 파리는 예술적이라고 알고 있지만 그게 사실은 정신의 바이브가 다시, 그루브를 타는 거란 말이지.

그래. 사람은 다른 게 중요한 게 아니라 분위기가 중요하다는 걸 난 파리에서 알게 된 거 같아. 한 사람의 분위기란 건 분명 정신적인 것에서 나오는 것이고.

자신이 밀고 나가는 게 있다면 그것을 힘으로 치환하는 사람들.

자기 자신이 누군지를 잘 알며, 자신의 장점을 잘 알며, 자신을 잘 이해하며, 자기 자신을 아끼는 사람들.

그래서 유연한 사람들. 타인에게조차 유연한 사람들.

'논리와 감정이 균형하다면 그것이 지성인이지 않은가'라는 내 생각을 이들의 철학이 깔린 삶에 관통해본다면 이 사람들은 서로의 존재를 마법이라 믿는 사람들이 아닐까.

몸에 배어 있는 당당함이란 건 과거의 프랑스가 강국이었고 부자였었고 결국 흔히 말하는 힘 깨나 있었던 사실로도 읽을 수 있잖아. 그 위에다 아름다움을 추구하는 절대적 예술 가치를 중심기둥으로 삼는 사람들인 거야. 그 마지막에 탑 하나를 완성시키기 위해 머릿돌 얹는 것이 철학인 것이고. 어때. 내가 너무 파리에 취해서 예찬만 늘어놓는 것인가?

너무 딱딱한 이야기를 하고 있는 것 같다면 이 이야기를 들어봐.
파리의 어느 식당에서 밤 열한시 마감이라고 하면 밤 열한시 전이
라든지 적어도 밤 열한시 정각이 되면 가게에서 일하는 사람들이
손님에게 나갈 시간이라고 알려줘야 하잖아. 근데 도통 그런 소릴
하지 않아. 이유는 하나. 손님이 심각한 이야기를 하고 있거나 소
중한 시간을 보내고 있는데 끊어내는 건 예의가 아니기 때문이래.
"에이 난 괜찮아. 남고 싶으면 남아 있는 거지. 그건 당신의 권리
니까."
카페는 공적 자유를 실현하는 장일뿐더러 (그랬으니 예술가들이며
철학자들이 카페에서 교류하면서 교양 이상의 성과를 낸 것이고 또 내가
생각하기로는) '당신이 늦게까지 열을 올리며 대화하고 있는 것은
충분히 생산적인 깊이로 발전할 가능성이 있을 거야' 같은 암묵적
인 존중 문화가, 하물며 일개 카페 같은 곳에도 존재한다는 것.
묘하고 묘하지.

어디로 où

『끌림』에 나오는 글

파리의 어느 카페에서 만난 청년에게 직업을 물은 적이 있다.

청년이 대답하기를 자신의 직업은 파리를 여행하는 거라 했다.

그는 파리 토박이였음에도 불구하고 파리를 여행하는 것이

자신의 일이라고 서슴없이 말했다.

여행이라고 하기엔 뭣할 정도로 가는 곳엘 가고 또 가고 하는 사람.

도대체 그가 에펠탑에 오른 횟수는 얼마이던가.

몽마르트르언덕 꼭대기에 올라 파리를 향해 사랑한다고 외치고 나서

대답처럼 혼자서 고개를 끄덕인 적은 몇 번이던가.

파리는 정말이지 수많은 그날의 표정을 가지고 있는 게 사실이다.

빛의 세기에 따라 바람의 결에 따라

한 번 내보였던 인상이 전부 다가 아닌,

여러 얼굴을 가진 도시가 바로 파리다.

 『끌림』에 나오는 글

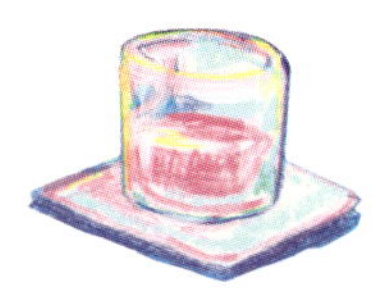

수많은 표정을 매일매일 다르게 받아들이는 것.

그 일은 파리에 사는 사람들에게조차 일과가 되기도 한다.

나는 그 청년을 우연히 바스티유광장 근처에서

또 한번 마주친 적 있는데 내가 먼저 알아보고는 반가워 악수를 청했다.

분수에 고인 물로 손을 씻고 있던 그가 얼른 바지춤에다 손을 닦았다.

"여행중이니?"

"그냥 살고 있는 중이지. 요즘 일이 없거든. 하지만 곧 떠날 거야."

나는 떠난다는 그의 말에 그만 귀가 커져서 물었다.

"어디로?"

"파리로!"

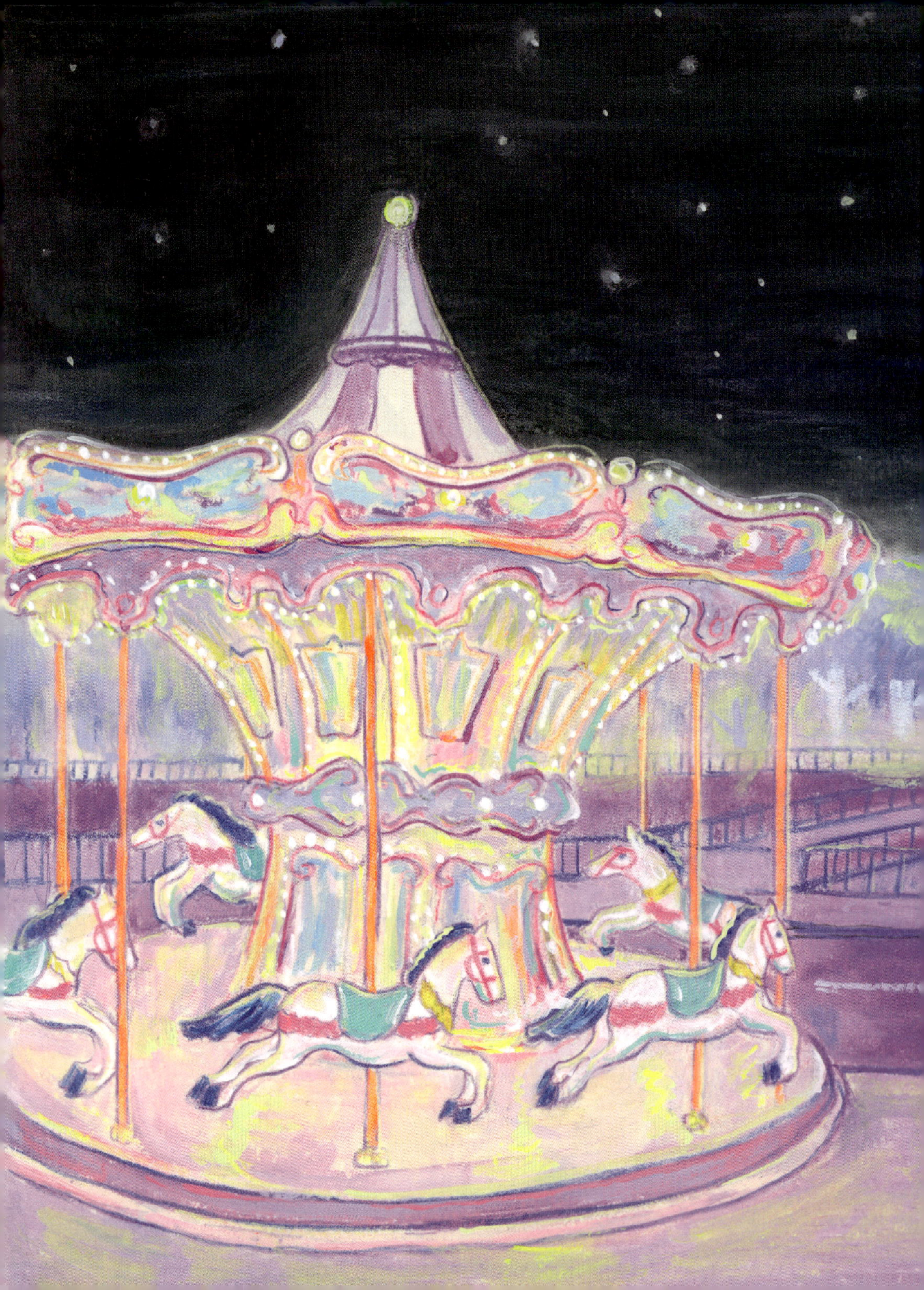

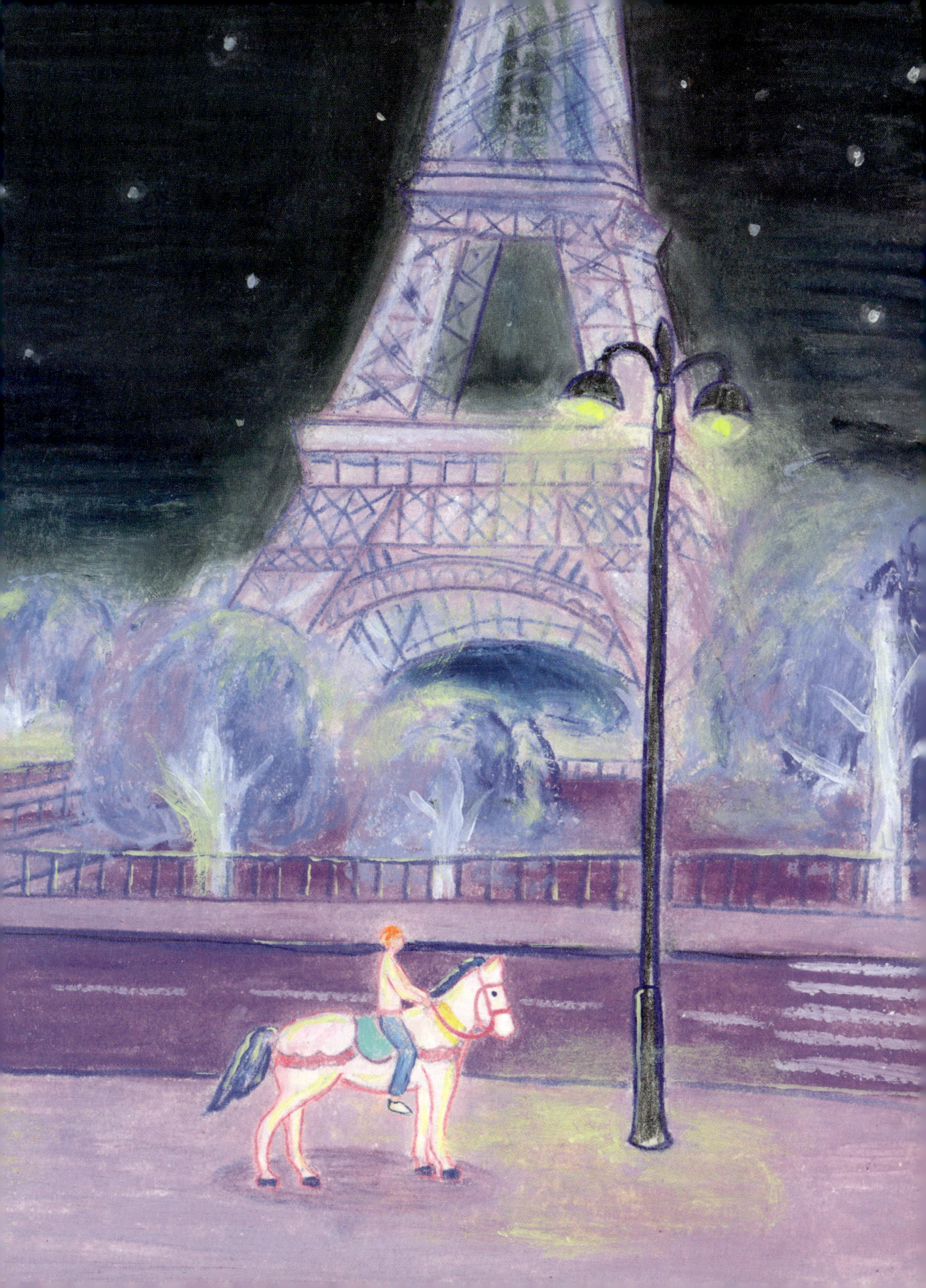

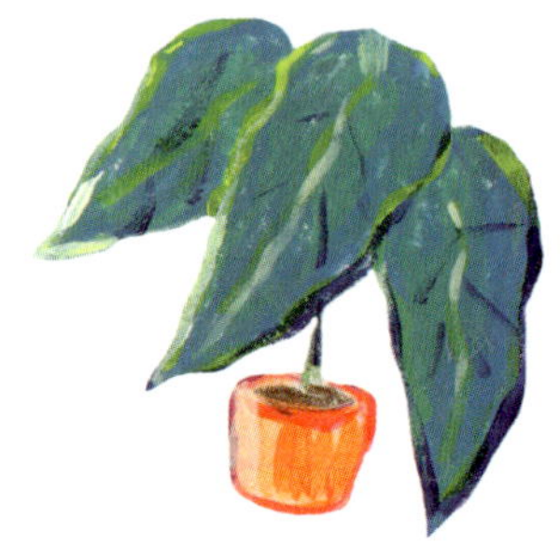

우리 마음은
밤에 일제히 운다*

이 공원 옆에 살았던 적 있었음에도 이곳이 조르주브라상공원Parc
de Georges Brassens인 줄은 몰랐다. 하긴 그때는 그가 누군지도 몰랐
으며 공원 근처까지만 갔던 기억. 하지만 그후 프랑스 라디오를 통
해 수도 없이 들었던 그의 노래들은 단숨에 그를 각인시켰다. 그는
시를 쓰고 기타를 치며 노래하는, 지금도 여전히, 영원히 시적인 사람.
그가 이 근처에서 얼마쯤이라도 산 적이 있나? 아마도 그랬겠지.
그가 죽고 난 후에 자신의 이름을 딴 공원을 만들어달라고 했나?
그러지는 않았겠지.

조르주 브라상의 노래
<행복한 사랑은 없다 Il n'y a pas d'amour heureux> 중에서

잘 디자인된 조경과 한가운데 너른 평지에 넓은 연못을 배치한 공원으로, 언뜻 작은 것 같지만 여러 시설들이 유기적으로 맞물려 있다. 무엇보다 잘생긴 공원이고 평화롭고도 친근감이 느껴지는 공원이랄까. 관광객이 전혀 없으니 더 그렇게 느껴질지도.

하늘은 푸르다못해 제멋대로였다. 연못은 분수를 틀어놓아 물소리가 좔좔거렸다. 박태기꽃과 칠엽수꽃이 만개한 사월 말의 공원에는 책을 읽는 사람들도 간간이 뛰는 사람들도 그리고 어린아이와 산책하는 노인들과 그리고 나까지도, 모든 것은 적당했다.

벤치에 앉아 있는 내 앞을 지나던 여성이 뒤돌아오더니 내 옆에 앉았다. 앉아도 되냐고 내게 물어서 앉으라고 했다.

그녀가 나에게 건넨 것은 달달한 아이들 간식들. 두어 종류를 내밀더니 갖고 싶은 것을 고르라고 했다. 착한 얼굴을 하고 있어서 나는 그녀와 눈을 맞추었다.

"그래도 돼요?"

오늘이 생일이라고 했다. 어젯밤 쿠키를 구웠는데 오랜만에 굽는 거라서 홀랑 태웠단다. 그 바람에 쿠키는 못 가져나왔고 아직도 집에서는 탄내가 난다고. 맞다, 생일이면 생일인 사람이 친구들에게 뭔가 나눠주는 문화가 있다더니. 그것도 자기 자신을 데우려고 그러겠지. 그러다 마침내 이 공원으로 뛰쳐나왔을까.

혼자 살아가(려)는 사람이 많다. 혼자 살아가보겠다는 사람이다. 난 역시 찬성이다. 나 또한 그녀처럼 아주 좋은 날이거나 축하받을 일이 있을 때 일부러 혼자 꿋꿋하게 지내려 하는 편이다. 그 시간 안에는 절대 양보할 수 없는 고소하다못해 달콤한 뭔가가 있다. 죽을 것처럼 배가 고플 때 빈 케이크 상자의 바닥을 혀로 핥아 먹는 맛이랄까. 물론 그녀가 고독을 지키려는 면과 결이 나와 같은 사람인지는 확인할 수 없었지만 말이다.

그녀가 일어나고 나는 오른손으로 내가 앉아 있던 벤치의자를 만졌다. 프랑스에서는 뭔가 행운을 빌게 될 때 습관처럼 '나무를 만진다Je touche du bois'. 축하해. 그리고 또 축하해.

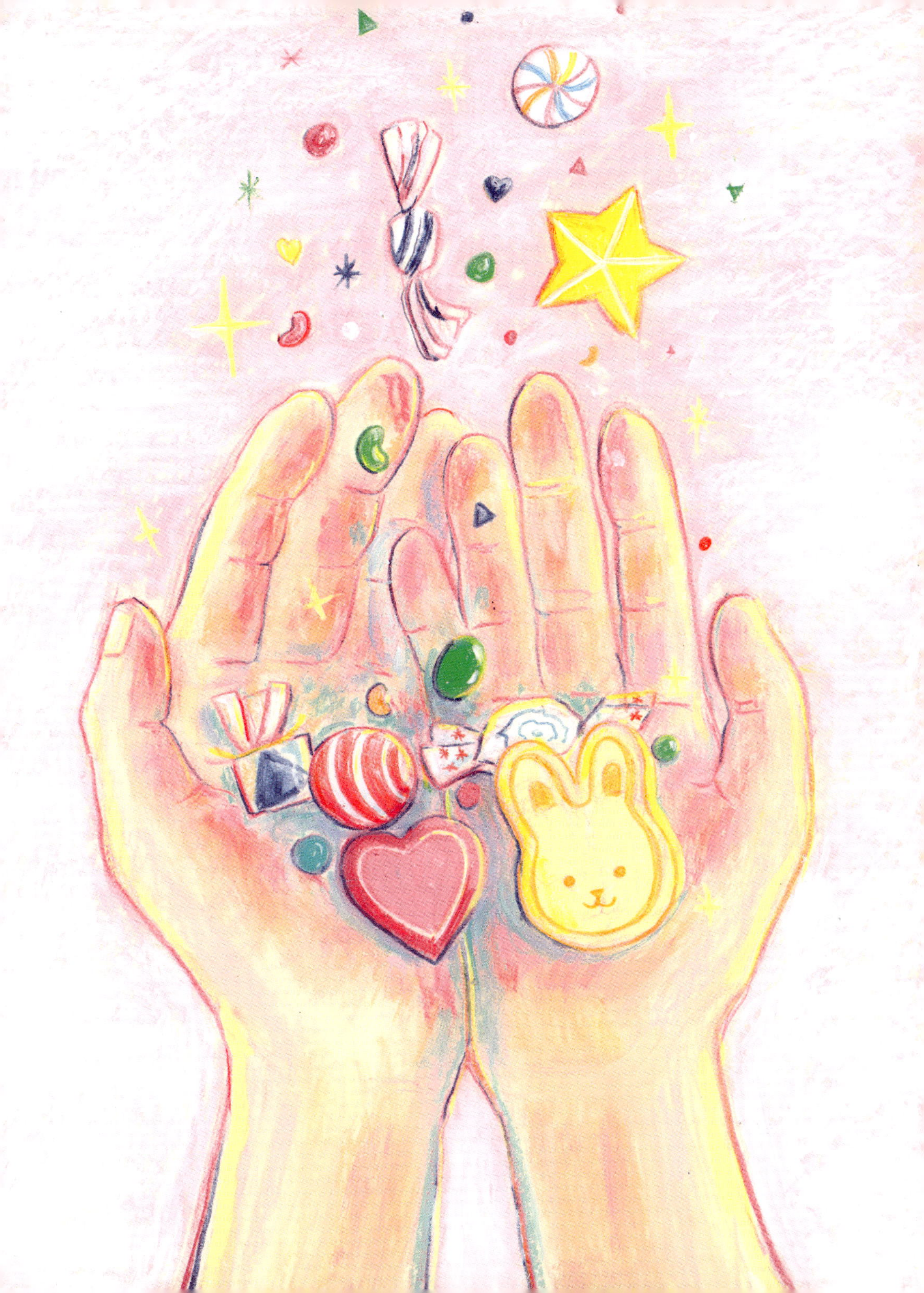

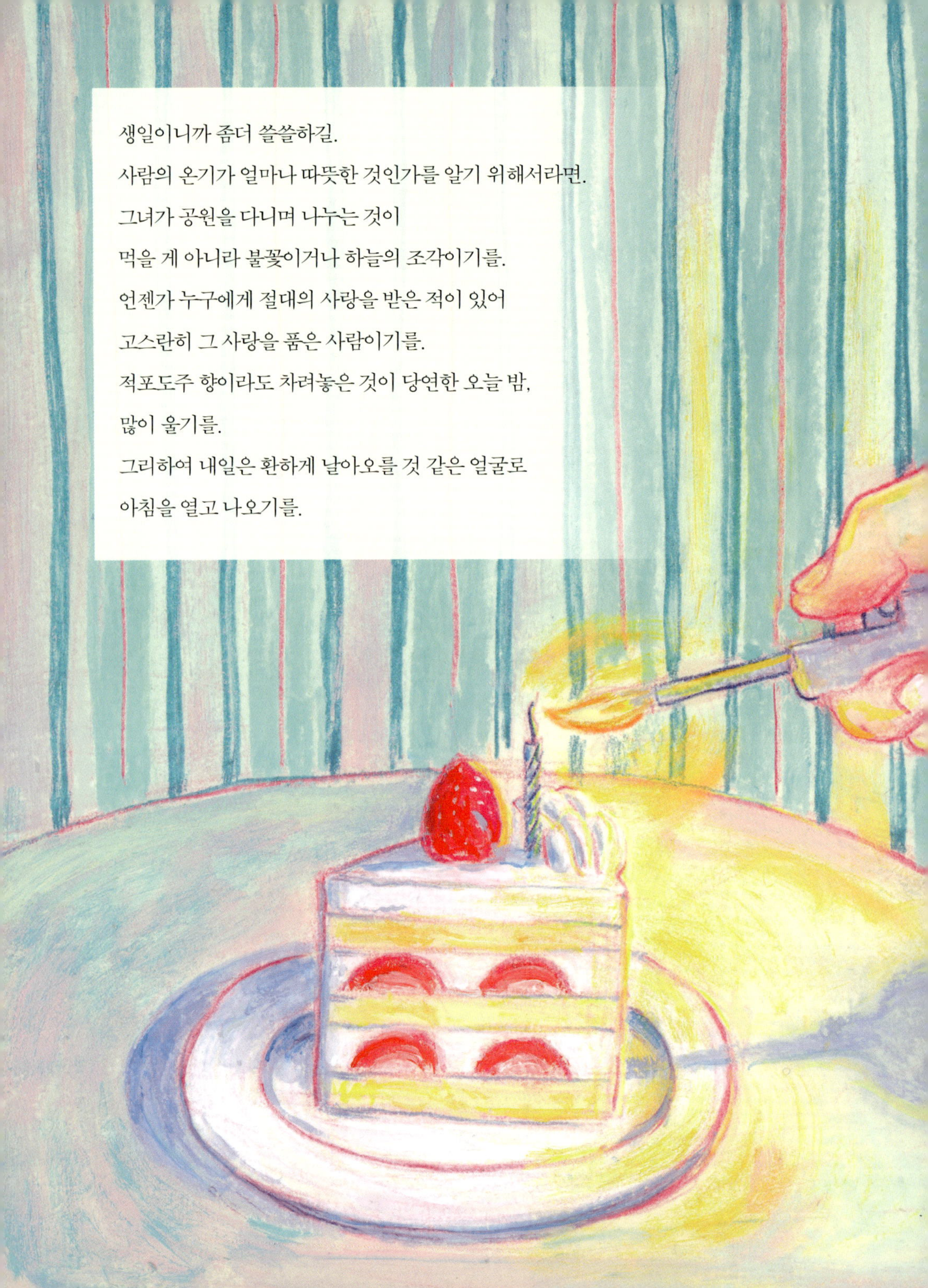

생일이니까 좀더 쓸쓸하길.

사람의 온기가 얼마나 따뜻한 것인가를 알기 위해서라면.

그녀가 공원을 다니며 나누는 것이

먹을 게 아니라 불꽃이거나 하늘의 조각이기를.

언젠가 누구에게 절대의 사랑을 받은 적이 있어

고스란히 그 사랑을 품은 사람이기를.

적포도주 향이라도 차려놓은 것이 당연한 오늘 밤,

많이 울기를.

그리하여 내일은 환하게 날아오를 것 같은 얼굴로

아침을 열고 나오기를.

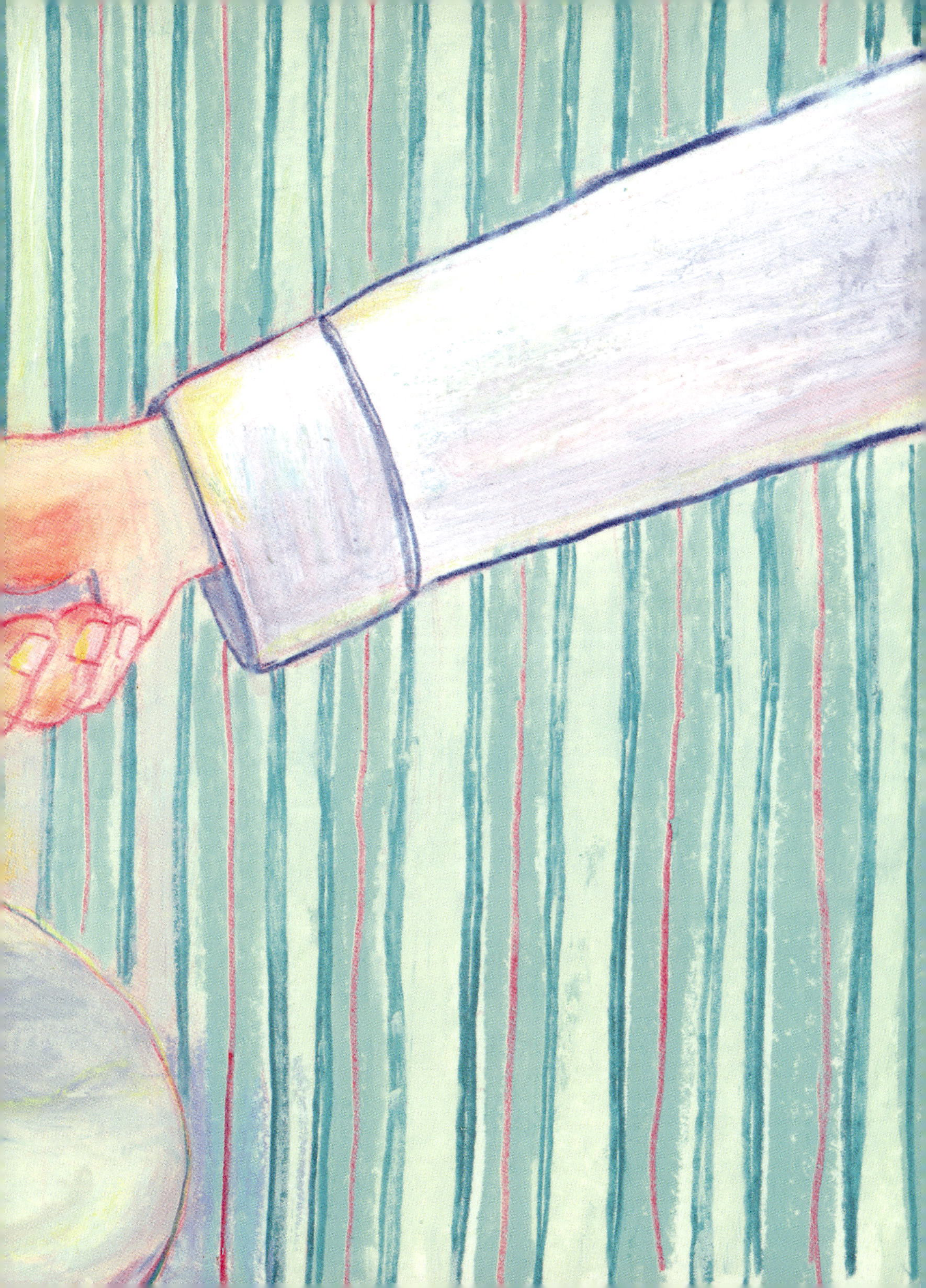

불이 켜지면
사랑하겠다

1

내 앞에 앉은 누군가가
뭔가를 먹고 있는 모습을 보는데 괜히 짠해진다
파도가 막 도착해 신호를 보낸 것이고
나는 곧 사랑하게 될 것이다

계절 하나를 흘려보냈을 뿐이겠지만
다시금 시간을 열면서 화들짝 사랑을 알아차릴 것이다

언젠가 눈길을 함께 걷자는 말을 아끼고 아끼면서도
붐비는 마음을 진열할 길이 없다면
푹푹 사랑하고 있는 것이다

깜빡이는 전원 표시를 보면서도
사랑한다, 사랑하지 않는다……

흩어지는 구름들을 보면서
사랑하게 될 것이다, 사랑하지 않을 것이다……

이미 새들은 사랑을 축하할 준비를 마쳤으며
절벽에는 단 한 채의 집이 남아 매달려 있다

2

저녁 전철 창밖으로 에펠탑을 바라보고 있는데
그때 마침 에펠탑에 불이 켜졌다

한참을 걸려 간절히 누군가를 원하고 있었는데
그때 마침 불이 켜졌다

흐릿했던 감정의 조각들도 저 불빛의 마법을 만나
날개를 펼쳐 날아오를 수 있지 않겠는가

불이 켜졌으니 그쪽으로 걸어가면 사랑이다
멈춰버린 이야기를 이어 쓸 수 있으니 사랑이다

사랑을 하면 불이 들어온다
사랑을 하면 온 우주에 불이 켜지는 것을
어두워서 불이 켜졌다고 생각한다

사랑이 오면 세상 나무가 흔들린다
사랑을 하면
온 우주가 흔들리는 것을
나무가 흔들린다고만 생각한다

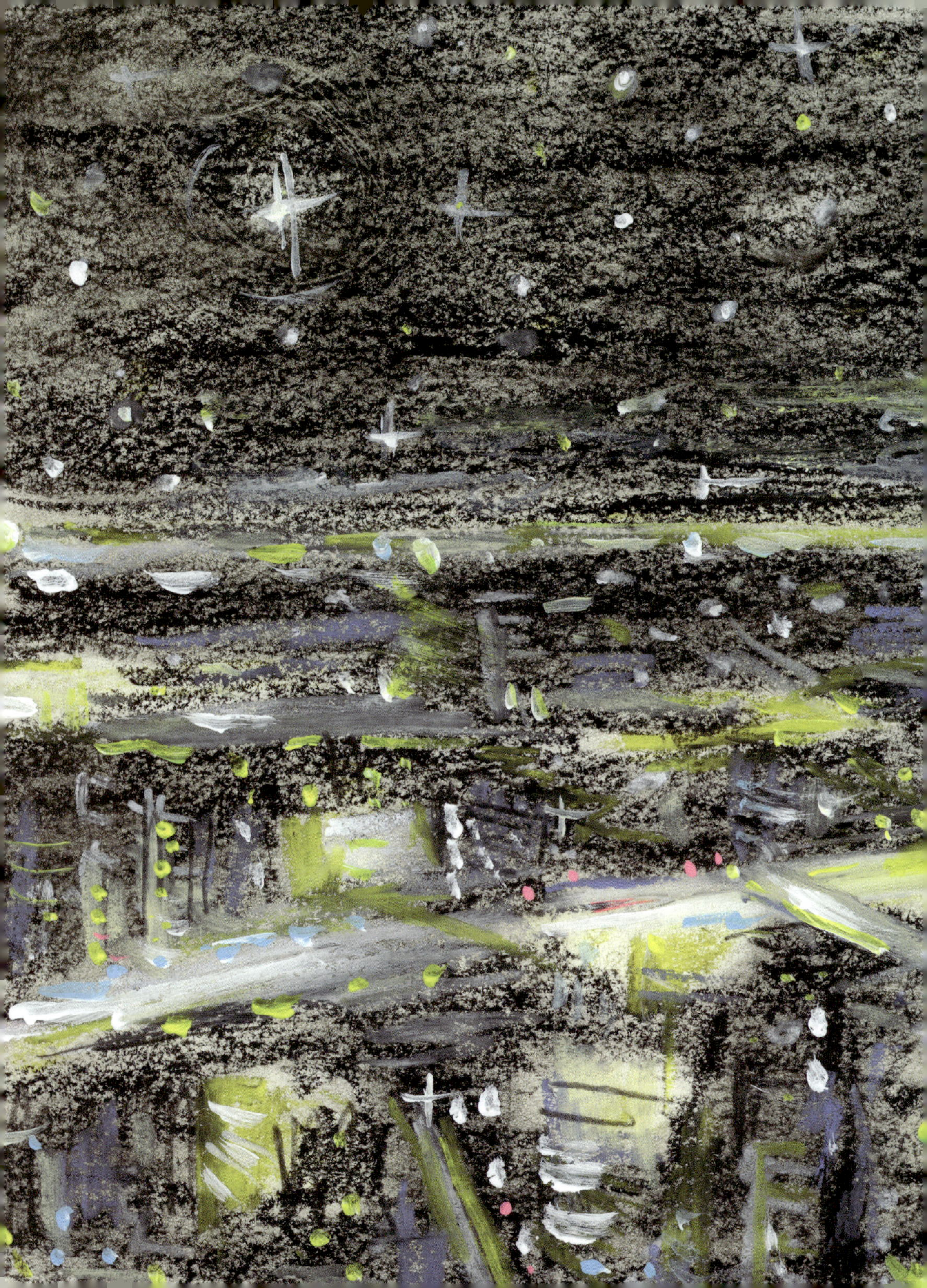

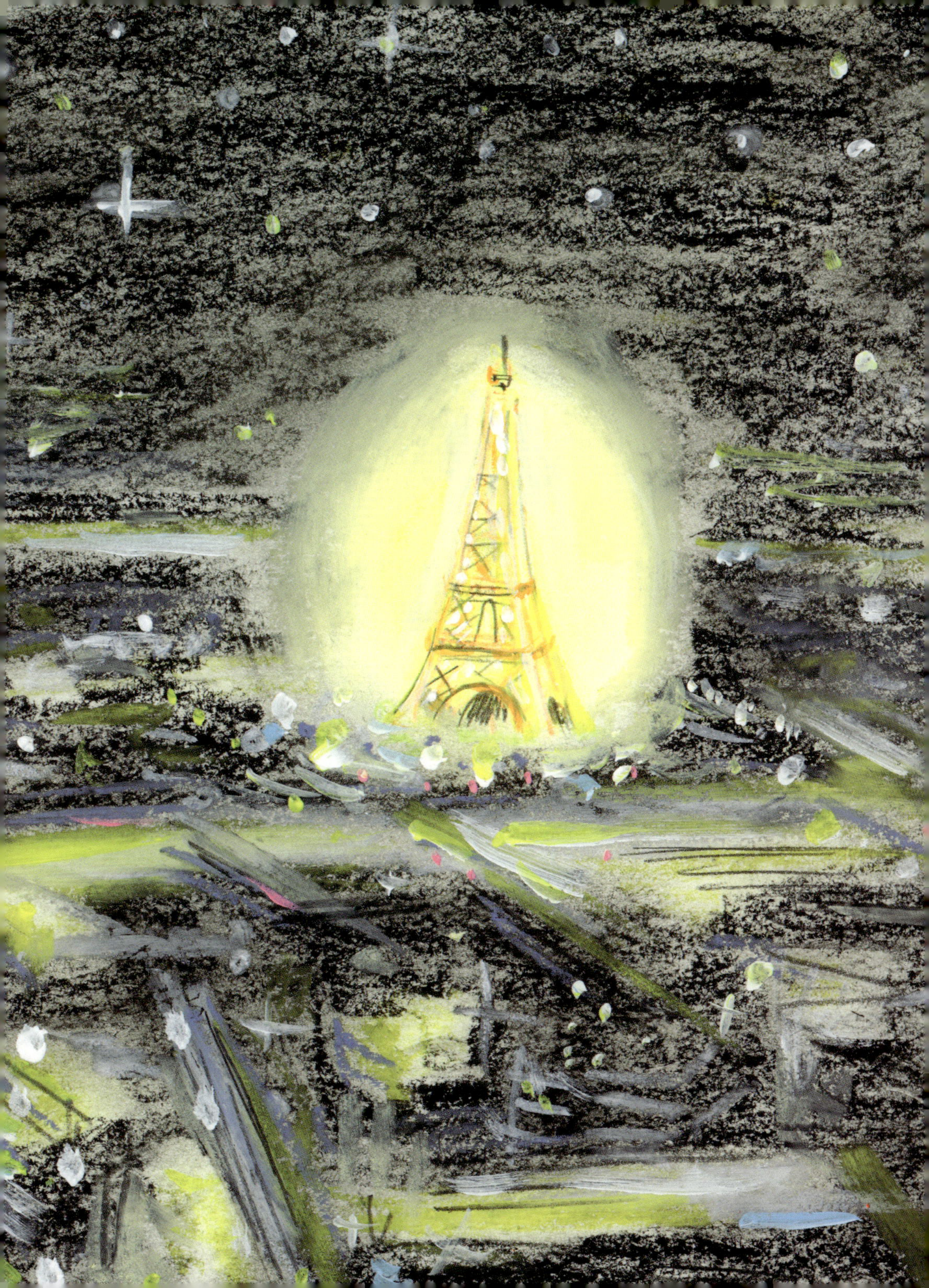

자꾸 말하면
꿈이 되지요

Cela devient
un rêve

파리에 이 년 산 적 있어요. 잘 살았지요, 거지처럼.

다만 허름했어요.

겨우 익혔던 단어들도 말들도 다 까먹었으니

내가 언제 그곳에 살았었나 싶지요.

그곳의 빛들은 달랐습니다.

봄날에 쏟아지는 칼날 같은 빛줄기를

파리로 몰려든 인상파 화가들은 저마다 잡아챘죠.

신이 만든 것 가운데 가장 싫어하는 것이 나에겐 햇빛인데

파리의 빛들 아래서는 무릎 꿇고 허물을 내놓을 수밖에 없었어요.

길고 어둑한 겨울 기운이 걷히고 나면 파리사람들은 햇빛 아래서 살짝 미쳐요.

미칠 수 있다는 게 얼마나 미치도록 드센 아름다움인지 나는 알거든요.

이런 말이 있어요.

"이방인들은 파리를 짝사랑을 하고 있다.

하지만 파리는 이방인들을 사랑하지 않는다."

그놈의 짝사랑이란 게 이루어지지 않아서 아름다운 거라면

계속 짝사랑이어야겠죠.

파리는 잘 열리지 않는 문 같아요.

말도 받아주지 않고 무심하기 일쑤죠.

깊숙한 사이가 되기도 어렵죠.

눈으로만 사람이나 상황을 읽어야 할 때도 많아요.

그래도 문을 바라보면 열리더라고요.

눈으로 한참을 바라보고 있으면 말도 통하는가 싶더니

그러다 슬쩍 내 어깨에 손도 올려준답니다.

간단치 않은 도전 자체가 여행인 것이고,

마음을 내줘야 뭐라도 받을 수 있는 게 여행의 계산법이라고 생각해요.

《르몽드》신문이며 온갖 잡지나 매체들은 왜 죽은 예술가들 이야기를
여전히 현재에도 끊임없이 늘어놓지? 지금은 2025년이잖아."

파리친구 세바스티앙은 말합니다.

"오십 년 전이면 잠깐이야. 백 년 전이면 순간인 거고.

그런데 그게 뭐 어떻다는 거야?"

파리에선 오늘을 사는 사람뿐만이 아니라 오래전부터 파리를 물들이고
어디쯤에다 벽돌 하나쯤 쌓아올린 사람들을 마주칩니다.

누구를 만나느냐는 곧 어떤 미래를 살 거냐의 문제와 닿아 있어요.

무엇을 좋아하는지가 내 인생의 기준을 좌우한다면

나는 파리를 알게 된 것을 고마워하는 일로 앞으로의 생을 채워가려고요.

파리에서 낭만을 이야기하기 좋은 곳

1 생마르탱운하 Canal Saint-Martin

북쪽으로부터 파리로 흘러들어오는 강물을 운하시설로 만든 구역이다. 나폴레옹이 만들었다는 이 운하는 수송로의 기능을 잃고 최근 낭만의 공간으로 떠오르고 있다. 두 시간 반 동안 4.55킬로미터를 운행하는 유람선도 있다. 금요일과 토요일에는 운하 난간에 걸터앉아 술을 마시는 젊은이들로 붐빈다. 예술서적을 판매하는 책방 아르타자르ARTAZART(83 Quai de Valmy, 75010)도 둘러볼 만하다.

2 예술의 다리 Pont des Arts

센강의 서른일곱 개의 다리 가운데 유일하게 차가 다니지 않는 다리로서 바닥이 나무로 되어 푸근한 느낌을 준다. 퐁네프다리와 노트르담성당이 겹쳐 보이는 풍경이 아름답다. 루브르박물관에서 이 다리를 건너 파리 남쪽을 향해서 센가Rue de Seine로 접어들면 수많은 작은 갤러리들을 만날 수 있다. 철망으로 된 다리 난간에 연인들이 자물쇠를 걸어 잠그고 사랑을 맹세하는 성지이기도 하다.

3 시뉴섬 Île aux Cygnes

그르넬다리와 비르아켐다리 사이에 좁고 기다란 섬이 하나 있다. 바로 시뉴섬. 이곳은 사람들에게 덜 알려져 산책하기 좋은 곳으로 관광객이 적으며 강을 가로지르는 파리 전철과 함께 다른 각도에서 에펠탑을 볼 수 있는 아주 좋은 위치를 자랑한다. 섬에서 바로 이어지는 비르아켐다리는 영화 <인셉션>의 촬영지로 최근 들어 인생 샷을 찍는 사람들로 붐빈다.

4 카페 라 벨 오르탕스 La Belle Hortense

똥딴지같이 카페를 소개한다. 시인이었던 자크 루보의 소설 제목을 따온 이 가게는 '아름다운 오르
탕스'라는 뜻으로 마레지구에 속해 있다. 아마도 신은 파리 중에서도 마레지구를 가장 사랑했던 것
같다. 일단 책장에 책이 가득하고 갤러리인 듯 아닌 듯 그림과 사진이 걸려 있는 곳이다. 무엇보다
가게 안을 비추는, 높이 걸린 큰 거울이 일품인데 우아함과 편안함이 그만이다. 여주인은 친절할 때
도 있고 예민해 보일 때도 있다. 아마도 작가가 아닐까 싶고 그 까칠함이 아닐까 싶다. 가격은 약간
비싼 편. 대여섯 개의 테이블이 놓인 아늑한 안쪽 공간 바닥에 그려진 사방치기놀이 그림이 재미있
다. 글쟁이나 편집자가 엄청 좋아할 분위기.

📍 31, rue Vieille du Temple 75004. 월요일, 화요일 휴무

5 보주광장 Place des Vosges

광장은 사방 150미터의 정사각형으로 주거용 건물로 둘러싸인 특이한 구조를 보인다. 주변에 사는
주민들을 포함해 각양각색의 사람들이 쉬거나 머물다 가는 곳. 이 사각형 안에 들어오면 누구나 '평
화라는 감각이 이런 것이구나'라는 걸 울림으로 느끼게 된다. 초록 벤치와 아름다운 분수, 그리고 정
중앙에 심어놓은 커다란 너도밤나무의 역할도 한몫한다. 무용가 이사도라 던컨과 알퐁스 도데, 콜
레트, 빅토르 위고 같은 문인들 역시 이 광장을 내다보고 살았다. 공원을 둘러싼 건물 1층의 역할은
아케이드로, 낭만적 건축양식 가운데 하나인 회랑으로 이어져 있다.

6 부르델미술관 Musée Bourdelle

로댕 옆에서 십육 년 동안 대리석 작업을 도왔던 부르델은 스승인 로댕이 사망한 뒤에 그 명성을 고
스란히 이어받는다. 지금 부르델미술관 자리에서 사십 년 동안 작품을 만들었는데 사후에는 아내와
딸이 살던 공간 모두를 확장해 현재 미술관의 덩치를 만들었다. 미술작품 말고도 건물과 정원이 특
별하다. 가족이 함께 사랑했던 공간 그대로를 미술관으로 이어와서인지 포근한 느낌이 여전해서 어
제까지 부르델이 살다 간 듯 미술관치고는 소박한 인상이 강하게 풍긴다. 미술관에 왔다는 느낌보
다는 아는 사람의 작업실에 온 듯한 느낌이 드는 것은 대리석 작품 이외에도 석고, 청동, 드로잉 등
의 작은 작품들이 산책하러 온 여행자에게 친근하게 인사를 건네기 때문일 것이다.

📍 18, rue Antoine-Bourdelle 75015, 월요일 휴무

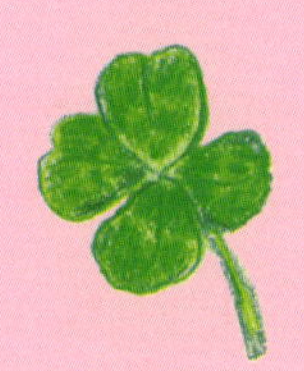

무언가를
남기고 왔습니다

이십대의 마지막 여행으로 혼자 파리를 다녀왔습니다.
요상하고 묘한 이 동네가 썩 마음에 들었는지
파리 한구석에 무언가를 놓고 왔습니다.
그걸 찾으려면 다시 가야 한다는 마음으로요.

그리고 다시 가보질 못했어요.
놓고 온 것이 무엇인지도 잊어버렸습니다.

작업을 하는 내내 문득문득 '무엇을 놓고 왔지?'란 생각을 했습니다.

글을 읽다보면 생각이 날까?
그림을 그리다보면 만나게 될까?

도통 기억이 나질 않아
그림 안에 무언가를 남기고 왔습니다.

책을 펼치다가 우연히 만나게 되면 피식 웃어주세요.

여행그림책 ｜ 파리

좋아서 그래
La ville de l'amour

초판 인쇄 2025년 10월 15일
초판 발행 2025년 10월 29일

글 이병률
그림 최산호

책임편집 변규미
편집 김현정 오예림
디자인 최정윤
마케팅 김도윤 양지연
브랜딩 함유지 박민재 이송이 박다솔 조다현 김하연 이준희
제작 강신은 김동욱 이순호

펴낸이 이병률
펴낸곳 달 출판사
출판등록 2009년 5월 26일 제406-2009-000034호
주소 10881 경기도 파주시 회동길 455-3
이메일 dal@munhak.com
SNS dalpublishers
전화번호 031-8071-8683(편집) 031-8071-8681(마케팅)
팩스 031-8071-8672
ISBN 979-11-5816-199-6 (03810)